Notas sobre a impermanência

PAULA GICOVATE

Notas sobre a impermanência

Notas sobre a impermanência

Copyright © 2021 Paula Gicovate
Copyright © 2023 da Starlin Alta Editora e Consultoria Eireli
ISBN: 978-65-89573-36-4

Impresso no Brasil – 1ª Edição, 2023 – Edição revisada
conforme o Acordo Ortográfico da Língua Portuguesa de 2009.

Todos os direitos estão reservados e protegidos por Lei. Nenhuma parte deste livro, sem autorização prévia por escrito da editora, poderá ser reproduzida ou transmitida. A violação dos Direitos Autorais é crime estabelecido na Lei nº 9.610/98 e com punição de acordo com o artigo 184 do Código Penal.

A editora não se responsabiliza pelo conteúdo da obra, formulada exclusivamente pelo(s) autor(es).

Marcas Registradas: Todos os termos mencionados e reconhecidos como Marca Registrada e/ou Comercial são de responsabilidade de seus proprietários. A editora informa não estar associada a nenhum produto e/ou fornecedor apresentado no livro.

Erratas e arquivos de apoio: No site da editora relatamos, com a devida correção, qualquer erro encontrado em nossos livros, bem como disponibilizamos arquivos de apoio se aplicáveis à obra em questão.

Acesse o site www.altabooks.com.br e procure pelo título do livro desejado para ter acesso às erratas, aos arquivos de apoio e/ou a outros conteúdos aplicáveis à obra.

Suporte Técnico: A obra é comercializada na forma em que está, sem direito a suporte técnico ou orientação pessoal/exclusiva ao leitor.

A editora não se responsabiliza pela manutenção, atualização e idioma dos sites referidos pelos autores nesta obra.

Dados Internacionais de Catalogação na Publicação (CIP) de acordo com ISBD

Gicovate, Paula;

Notas sobre a impermanência / Paula Gicovate. – São Paulo: Faria e Silva Editora, 2020.
120 p. ; 14cm x 21cm.

ISBN: 978-65-89573-36-4

1. Literatura brasileira. 2. Romance brasileiro

CDD B869
CDD B869.3

Produção Editorial
Grupo Editorial Alta Books

Diretor Editorial
Anderson Vieira
anderson.vieira@altabooks.com.br

Editor
Ibraíma Tavares
ibraima@alaude.com.br
Rodrigo Faria e Silva
rodrigo.fariaesilva@altabooks.com.br

Vendas ao Governo
Cristiane Mutüs
crismutus@alaude.com.br

Gerência Comercial
Claudio Lima
claudio@altabooks.com.br

Gerência Marketing
Andréa Guatiello
andrea@altabooks.com.br

Coordenação Comercial
Thiago Biaggi

Coordenação de Eventos
Viviane Paiva
comercial@altabooks.com.br

Coordenação ADM/Finc.
Solange Souza

Coordenação Logística
Waldir Rodrigues

Gestão de Pessoas
Jairo Araújo

Direitos Autorais
Raquel Porto
rights@altabooks.com.br

Assistentes da Obra
Milena Soares

Produtores Editoriais
Illysabelle Trajano
Maria de Lourdes Borges
Paulo Gomes
Thales Silva
Thiê Alves

Equipe Comercial
Adenir Gomes
Ana Claudia Lima
Andrea Riccelli
Daiana Costa
Everson Sete
Kaique Luiz
Luana Santos
Maira Conceição
Nathasha Sales
Pablo Frazão

Equipe Editorial
Ana Clara Tambasco
Andreza Moraes
Beatriz de Assis
Beatriz Frohe
Betânia Santos
Brenda Rodrigues

Caroline David
Erick Brandão
Elton Manhães
Gabriela Paiva
Gabriela Nataly
Henrique Waldez
Isabella Gibara
Karolayne Alves
Kelry Oliveira
Lorrahn Candido
Luana Maura
Marcelli Ferreira
Mariana Portugal
Marlon Souza
Matheus Mello
Milena Soares
Patricia Silvestre
Viviane Corrêa
Yasmin Sayonara

Marketing Editorial
Amanda Mucci
Ana Paula Ferreira
Beatriz Martins
Ellen Nascimento
Livia Carvalho
Guilherme Nunes
Thiago Brito

Atuaram na edição desta obra:

Revisão Gramatical
Danielle Mendes Sales

Diagramação e Projeto Gráfico
Estúdio Castellani

Capa
Filipe Teixeira

Editora afiliada à:

Faria e Silva é um selo do Grupo Editorial Alta Books
Rua Viúva Cláudio, 291 – Bairro Industrial do Jacaré
CEP: 20.970-031 – Rio de Janeiro (RJ)
Tels.: (21) 3278-8069 / 3278-8419
www.altabooks.com.br – altabooks@altabooks.com.br
Ouvidoria: ouvidoria@altabooks.com.br

SÃO PAULO

7

"I never wanted to be your weekend lover"

BARCELONA

43

"This is what you get"

NOTAS SOBRE A IMPERMANÊNCIA

111

SÃO PAULO

"I never wanted to be your weekend lover"

Eu fico pensando em como vocês se conheceram. Foi numa festa? Um em cada canto de uma sala cheia de gente moderna, você com uma cerveja na mão e ela com um gim-tônica. Ela estava com uma camiseta branca, meio transparente, você imaginando de que cor era o mamilo dela, pensando que se conseguisse chegar lá ia beijá-la forte, por muito tempo, e depois ia comê-la de quatro na mesa onde ela agora corta a outra fatia de limão. Você estaria liderando a festa, como sempre, com esse seu ar que é um misto de político populista e líder de seita suicida, e ela, que não é boba nem nada, já teria sacado tudo. "Quem é esse cara me olhando do outro lado da sala?"

Será que ela pensou que você tinha cara de maluco? (Eu pensei.)

Nessa hora uma gota grossa do gim-tônica ia escorrer do copo até cair na camiseta branca dela, bem na altura do mamilo (rosa), e você lá, com cara de maluco, colocando umas músicas boas até ter coragem de chamá-la para dançar, sussurrando no ouvido dela que seu nome é Otto "com dois tês", e assim vocês dois se apaixonariam, nesses acontecimentos mágicos do tempo, com uma dessas músicas de rock atuais que têm muito sintetizador e nenhum grave tocando ao fundo.

Meses depois, ela praticamente morando na sua casa, sairia atrasada para trabalhar e reclamaria que não tem mais roupa limpa no armário, está dormindo demais lá.

E você diria: "Fica, aqui é o seu lugar, não vai para o trabalho, eu também vou largar o meu", e ela te olharia surpresa, ao que você completaria com um sorriso, "para ser cartógrafo das suas pintas". Convencida da sua nova profissão, ela levaria as malas.

Exatamente um ano depois eu apareceria.

Eu nunca me importei com a solidão. Sempre fui invencível num balcão de bar até você chegar.

– Para de me seduzir.

Essa foi a primeira frase que você disse pra mim, a única forasteira do seu bar, a única pessoa que você não cumprimentava com um beijo no canto da boca. Ainda.

– Já falei, para de me seduzir.

– Tô tentando.

– Tava te olhando de longe, você não vem muito aqui, né?

– Primeira vez.

– Então deixa eu te oferecer alguma coisa.

– Você dá um drink para todo mundo que vem aqui pela primeira vez?

– Na verdade, só para quem tem boas respostas.

No fim da noite quase todo mundo tinha ido embora, menos eu. Eu continuava resistente no balcão, já que dormir significava acordar e voltar para o Rio de Janeiro, para um trabalho como tradutora em um escritório que eu não gostava.

Você disse que eu devia ficar para uma saideira.

– Outra?

(Toda saideira é um erro.)

De repente só restávamos eu e você falando de astrologia, rock'n roll e solidão.

A intimidade alcoólica estimulou uma simpatia que eu nunca tive na vida, e assim a gente dançou às quatro da manhã no meio de uma galeria vazia, onde seu bar figurava como um objeto estranho, sendo o único estabelecimento aberto entre lojas de antiguidade, lingerie e produtos esotéricos, como se ela fosse nossa.

"Está tudo errado", eu pensava enquanto rodava nos seus braços, e ainda assim foi tão natural que eu entrasse naquele táxi, sem medo, porque eu já queria estar com você, em você, eu queria engolir você naquela madrugada.

E foi assim que eu conheci o primeiro motel da minha vida, numa cidade que nunca foi minha, com um cara que nunca seria meu – coisa que descobri às seis horas da manhã com seu celular vibrando em cima da cômoda de madeira descascada com as palavras "MEU AMOR" berrando em caps lock.

O que eu questiono hoje, ainda totalmente sequelada pela imagem de você chupando o meu dedão do pé enquanto me comia, é o porquê de eu ter continuado aqui durante tanto tempo.

Poderia ter sido uma vez, uma aventura que preencheria tanto a rotina do seu casamento, trazendo memórias "daquela vez que eu trepei com uma carioca", quanto a da minha vida pacata.

Poderia não ter dado em mais nada se não fosse eu te chamando feito uma sereia da minha cama em outra cidade, mandando mensagens codificadas de madrugada, sabendo que você ia demorar a dormir porque perdeu a mão, porque há tanto tempo não vivia um frisson como aquele.

Poderia ser mais uma noite de conchinha companheira com a sua mulher, aquele sono tranquilo e bonito dos amantes de longo tempo, se não fosse eu mandando letras de música, páginas de livro, gastando meu português tentando te impressionar e ainda curtindo umas fotos antigas das suas redes sociais pra você saber que eu estava ali, vendo sua vida de anos atrás, porque você me interessa, porque você me dá tesão, porque eu quero que você saiba.

Poderia ter sido tranquilo, poderia ter sido nada, se eu não metesse o pé na porta e te dissesse com todas as letras que eu queria de novo, e meu desejo enfim quebraria a barreira do som, das boas maneiras, e, dando um baile no destino, adiantaria um pouco as coisas só porque agora, com as mãos no meio das minhas pernas, nada vai me trazer paz senão as suas pernas também.

Ando pela cidade em completo estado de frenesi. Você não está, mas é puro detalhe, já que só o seu nome na tela provoca as mais diversas sensações.

Gosto quando você me escreve e eu estou distraída, porque suas palavras mudam o rumo do meu dia e transformam o escritório em um videoclipe com música de fundo que cala a boca dos meus colegas de trabalho. Nada mais existe, apenas esse mundo suspenso das conversas pelo telefone.

Nossa valsa-batalha: quem escreve a frase mais inteligente, joga a melhor referência, ganha quem faz o outro corar – e, desde que você apareceu, eu vivo em febre. O poder dos inícios, Otto. E dos inícios protegidos pela aura da distância e da tecnologia, que faz com que, mesmo em um mundo profundamente conectado, a gente viva um cortejar de século dezoito, já que eu não posso aparecer aí nesse exato momento e tirar a sua roupa. (Só nos resta o barulho das teclas, os áudios sussurrados, os links, o carisma. E isso me assusta pelo quanto já é o bastante.)

Eu penso em você e meu peito se abre feito uma fenda, o que eu sinto é uma presença, mas oposta à angústia – que também é sentida no peito. É como se uma ventania tirasse tudo do lugar e me deixasse ao mesmo tempo anestesiada e desperta.

Eu nunca estive tão viva.

Minha concentração, já tão frágil para traduzir, foi abalada quando o telefone apitou agudo. Porém o remetente não era o que eu esperava. "GABRIEL, TEMOS UMA ÓTIMA OPORTUNIDADE E JUROS BAIXÍSSIMOS PARA VOCÊ, ENTRE EM CONTATO CONOSCO." Duas coisas que não faziam mais parte da minha vida voltaram com tudo pela manhã: mensagem de banco e meu ex-marido. É curioso porque não era a primeira vez que chegava algo no nome dele. Há pouco tempo eu tinha recebido a nota fiscal de uma farmácia com as compras:

– Um filtro solar
– Um chiclete de menta fresh
– Uma dipirona

Quase encaminhei a nota fiscal para Gabriel para avisar que, caso ele comprasse alguma coisa muito indiscreta, eu ficaria sabendo, mas decidi ficar quieta. A gente não se falava há mais de um ano, e eu não sabia se estava recebendo o e-mail porque, como boa hipocondríaca, tinha meu CPF cadastrado em todas as farmácias da cidade junto com o nome dele, ou se era uma forma de ele reaparecer na minha vida tanto tempo depois.

Mas, quando recebi a mensagem de texto e busquei outras semelhanças no meu arquivo de celular, cheguei à conclusão de que, na verdade, ele tinha colocado meu nome em todo cadastro do qual não queria fazer parte, em toda coação de pessoas na porta do metrô empurrando crédito para empréstimo, doação para os Médicos sem Fronteiras ou mailing do novo vereador legal de esquerda da cidade. Eu tinha virado o depósito de coisas indesejadas do meu ex e não sabia se era por punição ou por saudade. O "oi, sumida" substituído por crediário e compras na farmácia. Seja o que for, funcionou. Escrevi para ele tentando ser uma pessoa evoluída, sem perguntar a questão do spam, num misto de curiosidade de como ele seguia a vida e, sim, por que não, saudade do cheiro do filtro solar na sua pele branca e do cheiro de menta fresh da sua boca.

"Oi Gabriel,

ontem foi aniversário do Gordo e eu fiquei com vontade de saber como ele está, se anda comendo muito patê de atum, se ainda te acorda todo dia às cinco da manhã, se já destruiu o outro lado do sofá e se ainda pressente os dias de veterinário se escondendo embaixo da cama. Espero que ele esteja bem, feliz e ronronante, e que você esteja da mesma forma.

Faz tempo que não sei de você. Se você entrou no doutorado, se ainda perde o sono com o Flamengo e se ouve Sade escondido dos seus amigos. Eu gostava muito da nossa vida, Gabriel, e sinto que nunca te disse isso o bastante.

Então digo agora: obrigada pela companhia em todos esses anos, nossa história foi bonita e responsável por me trazer para onde estou agora, mais organizada, tranquila, vivendo um namoro a distância com um cara bacana em São Paulo, e com grandes planos para fazer aquele curso na Espanha que eu sempre quis fazer mas tinha preguiça de preencher o formulário. Você também é responsável por todas as minhas melhorias, e essa vontade teimosa de ser feliz.

Descobri que existe amor depois do amor, e ando alegre que só.

E, incondicionalmente, torço para que aconteça o mesmo com você.

Com carinho,

Lia"

Esses dias você perguntou por que eu me separei. Achei um pouco deselegante da sua parte, visto que nunca perguntei exatamente como é a vida de vocês, mas eu e ele também já tivemos uma casa com livros, discos, móveis e, por um tempo, amor. Não foi à primeira vista, eu demorei para me apaixonar e, na versão dele, tinha sido rápido, forte, talvez por isso com cinco meses de namoro tenha pedido para ir morar comigo de forma nada sutil: apareceu na minha casa com o gato, e eu deixei, já que achava que essa era a forma como o amor se espalhava na vida, o curso natural das coisas, o certo a se fazer.

Aos poucos o apartamento parecia finalmente ocupado, já que na minha gestão solitária só tinha comida de ontem e cerveja na geladeira, e eu amava tudo nele: o sofá de veludo, a janela enorme, a estante velha de metal preenchida por nossos livros junto com uma *memorabilia* da felicidade – o ingresso de um show, o cartão de embarque da primeira viagem que fizemos juntos, uma foto do gato, a luz que passava pelo basculante e formava uma seta no corredor (se eu ficasse na posição certa, na hora certa, ele se tornava o raio do Bowie em cima do meu olho).

Nós fomos felizes juntos, e durou três anos. Os pais dele queriam dar uma festa de casamento, falaram para escolher o lugar da lua de mel, vestido, tudo ia ser presente, minha mãe endossava dizendo que aquilo seria a vontade do meu pai e, embora a gente sempre falasse que não precisava, de vez em quando eu pensava em como seria a festa.

(Seria uma festa pequena, na casa onde eu cresci, o bolo feito por mim, Gabriel tocando uma música do

Wilco no violão para eu entrar pelo jardim que o meu pai amava, meus amigos bem vestidos, nossos votos evocando letras de música, literatura, piadas internas e o café da manhã da melhor padaria do Irajá.)

Não sei te dizer exatamente quando o amor acabou, mas sei que um dia ele não estava mais lá e Gabriel se recusava a me contar.

Eu o via fazendo planos sem mim, se inscrevendo em mestrados do outro lado do mundo sem me consultar, ficando cada dia mais fechado, mais infeliz e, diante dos meus apelos, fugia da responsabilidade de dizer que não me amava, o que deveria ser obrigatório, no mínimo, de bom-tom.

O silêncio entre nós era tão grande que um dia eu saí de casa sem levar absolutamente nada. Fiquei com uma amiga até ver em quanto tempo ele sentiria minha falta, estranharia minha ausência.

Dois dias se passaram até que ele me ligasse, e hoje eu me pergunto se foi por saudade ou preguiça de limpar a caixa de areia do gato.

Quando voltei, implorei para ele finalmente dizer que não me amava mais, mas ele não disse e, como eu não saberia conviver na guerra fria dos que não têm coragem de partir, acabei fazendo as malas.

Eu só sei lidar com algo que tenha nome, Otto, algo que eu consiga ver o que é, e desamor também é algo concreto, também é um lugar para começar.

"Abusado", eu disse ainda mordendo a parte de baixo da sua boca. "Me agarrando no meio do restaurante, Otto? Você não tem medo?"

Mas você não tem medo de nada. Diz que seu Deus protege os bêbados e os poligâmicos, e que coisa errada é não poder me beijar.

E o pequeno poder que isso me dá, Otto, você não faz ideia.

O repertório de pensar durante dias que você me agarrou assim com coragem no meio do restaurante da sua cidade porque me adora, porque é louco por mim. Gente apaixonada se apega a tão pouco, né? Essa minha mania de ser passional e racional ao mesmo tempo, de te beijar e questionar o quanto você pode me dar. Ser filha de pai militar e professor de matemática deixa a gente assim, respeitando os limites e querendo acabar com todos eles. Mas o pai é morto, e o moralismo na madrugada paulistana também.

"Eu sou piranha, mas sou romântica", te digo. Gosto do motel, até glamourizo aqui e ali te ter só pela metade, mas segura na minha mão e diz que é louco por mim. Me engana com conversas profundas sobre família e os livros que eu traduzo, me dá um pouco de melancolia e conteúdo para eu achar que somos mais do que desejo puro na luz fria desse restaurante japonês, porque esse é exatamente o tipo de coisa que me faz ficar e eu preciso de você mais um pouco para não me sentir tão boba. Só um pouquinho mais.

Ele me trouxe brincos. Vermelhos, de metal, que quando balançam fazem barulho e anunciam minha chegada. Trouxe do Marrocos, de uma viagem que fez com ela. Que tipo de cara traz um brinco para a amante de uma viagem que faz com a esposa? Um cara atencioso, ele diria. "Estou aqui em lua de mel, mas pensando em você". Como se não me faltassem prêmios de consolação na vida.

Ando pelo escritório feito uma vaca holandesa que carrega um guizo no pescoço, como se fosse propriedade de um homem que eu não posso ter, como se fosse propriedade de alguém, mas carrego os brincos orgulhosamente para minha própria decepção, pois é a primeira coisa que ele me dá.

Não me contou detalhes da viagem, só disse que ia, mas eu não sou idiota e sabia que no próprio aniversário ele não ia escapar de uma viagem com a mulher. "As coisas são como são", eu repito para ver se entendo e se isso me tira a raiva, o ciúme e a saudade que não posso ter, assim como ele.

Ele faz escala no Rio e diz para ela voltar para São Paulo porque quer ver o espaço de um bar. "Ampliar os negócios." Duvido. Otto de sandália havaiana andando por Copacabana, escolhendo um boteco para sentar? Não nessa vida, mas gosto que tenha se esforçado para me encontrar.

Chegou na minha casa jogando a mala no chão e me pegando pela cintura. Me colocou sentada em cima dele e não disse uma palavra enquanto desabotoava minha camisa e me beijava. É o melhor beijo que eu já dei. Um beijo contínuo, que não para por nada. Fica ali com a boca aberta como se me puxasse para dentro e me provasse – me prova – que consegue me beijar durante horas. Não é só o sexo que me atrai. Sua mão pesada no meu cabelo, e a outra que sempre escorrega para a minha calcinha com a rapidez de um adolescente, mas o beijo, as horas que o beijo parece durar, a dedicação que ele tem a mim nesse momento e a merda desse encaixe que fode tudo e me faz esquecer que a realidade é bem menos romântica.

Mas quem precisa de realidade com brincos novos e beijos longos?

Otto, seu corpo é perfeito. Seu nariz torto de realismo fantástico, sua barriga grande, seus passos largos. Lindo feito arte feia, espalhado na minha cama feito Homem Vitruviano, manchando meu edredom branco de porra e sangue.

Você come e fode muito, e eu gosto de te ouvir respirar quando está por cima de mim. Ofegante, todo excesso e, quando vem me ver, transborda vida pelo meu cotidiano tão ordinário.

Te quero assim, Otto. Sempre muito, em todos os meus poros e lugares, mesmo que poucas vezes por mês.

Às vezes você me emociona. Seus arroubos afetivos aleatórios que casam tanto com os meus. Eles chegam quando abro a janela para você entrar. Eu sempre te sinto antes.

Tem coisas que só você entenderia porque você é como eu, meio cigano, meio pirata, e você também acha que geralmente a gente não se casa com o melhor sexo da vida, melhor sexo da vida é aquele que fode embaixo e em cima, que deixa a cabeça doente, e nada de bom sai disso aí, nada de bom sairia de nós dois. Quando você me come de quatro, eu viro para te ver, e você ri. Pega com força nos meus cabelos, deixa sua mão marcada na minha pele e depois some. Eu sumo. Já faz uns anos que é assim, e a gente só existe há tanto tempo porque não convive. A gente nunca poderia conviver, afinal ninguém aqui acredita em casamento com o melhor sexo da vida.

"Amor é outra coisa", você repete. É alguém que te abre a porta de manhã cedinho, entregando café quente depois de uma noite em que você andou por aí piscando para moças e moços.

Eu gosto que você jogue charme para o mundo, queira comer todo mundo, mas gosto porque não sou eu quem te abre a porta pela manhã.

Da parte que me cabe, aqui nesta outra cidade, eu sussurro seu nome feito sereia e canto uns rocks para ver se você vem. Você sempre vem, é só eu deixar a janela aberta, mas tem uns dias em que eu tô mal. Hoje mesmo, mil coisas aconteceram e eu sei que só você iria entender, mas ainda assim nunca te escreveria.

"Já se separou de alguém porque não dava conta de tanto amor?", você me perguntou.

Você desce às profundezas comigo e prende o ar. Na areia, sua moça te espera enquanto eu nado pra longe e vou embora no primeiro barco da manhã. Eu sempre vou embora no primeiro barco. Mas eu sempre volto, porque eu sou pirata.

Eu me comporto, eu me contenho, eu não falo sobre você com meus amigos e só mando mensagem depois do seu sinal.

Eu durmo tarde e acordo cedo, não te telefono nem se o prédio pegar fogo, não stalkeio sua mulher nas redes e não te conto meus problemas. Eu não divido histórias do trabalho, brigas com a família, não apareço em festas, não tenho acompanhante. Eu sou a rainha das amantes, o exemplo a ser seguido, a amélia da infidelidade. Eu não dou trabalho. Eu estou cansada, Otto. Eu quero quebrar copos e pratos na porta da sua casa, eu quero dizer que não acho natural que você finja que não me conhece quando encontra um amigo na rua, eu sofro quando você vai embora, eu não dou conta do vazio muitas vezes. Eu quero te contar da gripe da minha mãe, da dificuldade da minha irmã para engravidar, do trabalho que estou odiando. Quero entrar no Instagram da sua mulher mil vezes e olhar a foto de vocês dois juntos no último aniversário dela e chorar até desidratar. Eu não quero me comportar, eu não quero ser boa, não quero dar conta. Eu quero poder te odiar com liberdade.

Ontem a gente fez três anos juntos – será que você sabe dessas datas? – e, ainda assim, nunca convivemos. Como você é no dia a dia? Assiste série à noite? Futebol aos domingos? Gosta de pizza, lava a louça? Por aqui eu fico com o lado direito da cama vazio porque sua ausência é tanta coisa que não deixa mais ninguém caber.

É uma mistura engraçada de sentimentos, querer tanto estar com você e ao mesmo tempo ser privilegiada por não ser constante, a dicotomia entre te ter com remela e bafo matinal e ao mesmo tempo ser comida com a voracidade de quem não me tem no dia seguinte.

Sinto empatia por ela, que aguenta suas questões, enquanto eu fico só com a parte boa.

Mas tenho ciúmes pelo mesmo motivo.

(**Você** tem ética quando se apaixona? Aliás, vou refazer a pergunta:

O que é ética para você? Isso se aplica aos seus relacionamentos? Você faz com o outro exatamente o que fariam com você?

Sempre achei que me envolver no amor alheio era um gerador espontâneo de karma ruim, uma coisa que volta para você, mas hoje em dia eu tenho até cartão de milhagem para ir trepar em outra cidade. Acordo de madrugada para comprar voo barato e garantir meu amor interestadual, turismo sexual em motéis horríveis, sem glamour nenhum, que contrastam muito com a vida que eu levo durante o dia, antes de ele vir me encontrar.

Ontem, passando por uma igreja a caminho de mais um motel bizarro – aquele que tem um golfinho em neon azul na jacuzzi –, Otto apontou para a porta aberta, com uma missa começando, e disse:

"A gente vai casar aqui."

"Você tá maluco? De jeito nenhum."

Eu nunca casaria na igreja, pensei.)

Quem é amante não pode fazer surpresa. Aprendi isso te mandando mensagem com a localização do aeroporto só para receber como resposta: "Ih, baby, esse fim de semana eu vim para o interior". E isso me diz muito mais do que eu gostaria de saber: você não está na cidade para me encontrar, e ainda está vivendo um fim de semana romântico com a sua mulher.

Eu poderia alegar que também vim para cá pelas mil exposições, restaurantes, shows e toda profusão de eventos culturais que São Paulo proporciona para que a gente tenha praticamente uma crise de ansiedade para dar conta da cidade, mas a verdade é que estar aqui e não te ver não faz o menor sentido.

E é tão injusto, Otto, não poder ficar chateada, porque o esperado é justamente que você esteja com ela. Então a mim não cabe ciúme ou frustração, só uma planilha de Excel marcando os dias que a gente pode se ver.

Posso postar mil selfies e fotos com meus amigos em lugares interessantes, cuspir no chão do seu bar, dar mole para o seu sócio sem ele saber que temos um caso, mas nada é tão divertido ou chega aos pés do que somos nós. Do que eu sinto quando estou com você.

"Da próxima vez avisa, garota. Assim eu não saio de São Paulo sem saber que você vem."

Da próxima vez não esteja casado, porra.

Eu sempre digo que te amo. Já que não convivemos, dizer "eu te amo" é a coisa mais íntima que a gente pode ter e disso não abro mão. Hoje você perguntou se eu tenho ideia do que significa essa frase, o quanto é forte dizer isso para alguém, como se você precisasse de provas de que eu realmente gosto de você, como se essa relação por si só já não mostrasse muita coisa.

Você me disse que era cômodo estar ali, que eu não podia reclamar do relacionamento que a gente tinha, já que só víamos o melhor do outro, já que nunca era eu quem te aguentava trepar com outra pessoa e chegar em casa às nove horas da manhã enquanto eu saía para trabalhar, que é fácil dizer que te amo já que não era eu aturando você olhar para todas as mulheres da cidade; não era eu almoçando com sua mãe com Alzheimer aos domingos ou pedindo um remédio na farmácia quando sua úlcera queimava.

Você disse que eu me escondia atrás do meu trauma para disfarçar minha incapacidade de me relacionar, e que isso de eu achar que todo relacionamento vai terminar mal, como terminou o meu com Gabriel, na verdade é falta de coragem de viver um amor que pudesse ser diferente, que pudesse ser até mesmo da forma que eu quisesse. Você disse isso com a cerveja quente em punho, transpirando água do copo, olhando fundo no meu olho, soltando uma gargalhada enquanto tudo o que eu queria era que você dissesse "eu te amo" de volta, pelo menos hoje, mas você diz que eu não sei o que é o amor, você pergunta se eu quero viver isso de verdade, o pacote completo, toda a delícia e desgraça, diz que você é uma montanha-russa onde ou se joga as mãos pra cima de olhos fechados delirando de prazer, ou se vomita na curva.

"Você tem coragem de ficar?", você pergunta.

E eu só queria ouvir "eu te amo" de volta, Otto.

Otto, hoje, enquanto eu te esperava chegar ao bar, vi um casal discutindo. Eu sempre fui a criança que encara os estranhos, que ouvia o cochicho dos adultos, e me tornei uma mulher que atravessa a rua atrás de desconhecidos conversando. Talvez por isso eu trabalhe com histórias. Sempre fui encantada com a capacidade das pessoas de criar narrativas e fazer com que a gente mergulhe nelas, e nada é tão literário quanto a vida real. Já percebeu o balé de uma briga? É igual ao balé do amor, só que com outra música de fundo. Mas também tem a sua própria composição, posição dos membros e tom de voz. Lembro que comigo e Gabriel era passivo-agressividade. Discutíamos com deboche, num crescente de voz que nunca passava um certo tom porque "éramos equilibrados", até que um dia, com bastante raiva, eu bati a porta e gritei, e depois disso todas as brigas foram de portas batidas e gritos. Nunca se volta para um lugar de equilíbrio uma vez que você já passou dele. É impossível retornar para a delicadeza quando já se mostrou o dedo do meio para o seu par. Depois disso é ladeira abaixo, e fomos.

Como você briga, Otto? Qual é a linguagem do seu ódio, que música toca com os seus gritos? O casal da mesa da frente brigava como pais mesmo sem os filhos ali – não podem falar alto porque senão a criança percebe, então estão sempre se odiando entre os dentes.

Na minha casa meus pais ligavam o aspirador de pó para brigar. Minha mãe falava por cima do som histriônico do aparelho para que eu e a minha irmã não ouvíssemos, mas é claro que a gente sabia o que estava acontecendo. Então na minha casa aspirador de pó demais era sinônimo de crise, e você não faz ideia do horror que eu peguei desse eletrodoméstico.

(Lembrei de um poema de um autor inglês que traduzi uma vez e que diz algo como: "Mesmo que eles não queiram, seu pai e sua mãe sempre vão te ferrar", e é verdade. Ou você se traumatiza porque seus pais quebravam o pau na sua frente, ou porque viviam uma guerra silenciosa que mesmo assim você escutava.)

O casal do bar era desse tipo: o horror silencioso. Mesmo longe dos filhos, eles mantinham a polidez de brigar um tom abaixo, mas ainda assim eu ouvi.

Ela disse, com as mãos apoiadas na testa, que não aguentava mais as responsabilidades e a exaustão de acumular o trabalho, a casa e os cuidados com filho enquanto pra ele só sobrava "andar de bicicleta no parque aos domingos fingindo que é um pai legal".

"O que você quer que eu faça então?"

Do lado de cá eu ri. Porque vocês estão sempre esperando os comandos da mãe, e depois da mulher, para fazer o mínimo, o óbvio, mas, como aquela briga não era minha, eu permaneci escutando.

"O dever de casa, o banho, lembrar o dia do pagamento da escola, o pediatra, a história na hora de dormir, o cardápio semanal, a máquina de lavar, o planejamento de férias, o básico, Renato."

O básico.

E Renato respondeu:

"Então me pede para fazer e eu faço, porra."

Ela – que não consegui saber o nome, mas podia ser qualquer uma de nós – deu mais um gole no copo do que eu acho que era um Negroni, um sorriso debochado, levantou e seguiu para o banheiro.

No meio do caminho ela parou, virou para trás e disse: "Eu não quero ter que te pedir."

No que Renato, no auge dos seus quarenta e muitos anos, responde balançando os ombrinhos como macho mimado: "Então como eu vou saber que você precisa de ajuda?"

A mulher entrou no banheiro e ficou um bom tempo. Depois voltou com o rosto lavado ainda pingando. Ela sentou, pegou o celular e ligou para alguém avisando que já estavam chegando em casa. Ele pediu a conta, racharam pagando em dinheiro e levantaram para ir embora sem dar uma palavra um com o outro.

Assistir a alguém se separar é como presenciar alguém morrer.

Ele adora me escrever no meio do trabalho. Diz que fica louco ao me imaginar molhada de tesão caminhando pelo escritório, falando com a minha chefe, completamente desestabilizada – e eu gosto também.

A primeira mensagem daquela tarde interminável dizia que naquele momento ele estava atrás de mim, me imprensando na mesa e segurando meu cabelo. Disse que agora estava com a mão embaixo daquele vestido que ele ama, tirando a minha calcinha e dizendo no meu ouvido o quanto eu sou gostosa.

Ele descreveu como depois me colocaria de frente, em cima da minha mesa de trabalho, e abriria bem as minhas pernas. Contou que me chuparia até eu gozar e implorar para ele me comer (terminou a frase com emojis de pesseguinho e berinjela.)

Eu realmente passei mal de tesão. Adorava as mensagens de Otto que me tiravam da realidade. Mas quando por fim perguntou o que eu gostaria de fazer com ele, e o imaginei deitado ao lado da mulher naquele fim de sexta, decidi que não queria dar material para que ficasse com tesão e fosse transar com a esposa enquanto eu que me virasse por aqui.

– E agora, o que você quer fazer comigo?

– Andar de mãos dadas em público.

Ele me levou para dançar. Entre os muitos dons de Otto está o de tocar sempre as músicas perfeitas e achar festas que combinem com a nossa idade física e mental. Ele diz que se acha de tudo em São Paulo: noites de rock, restaurantes e drogas de qualquer parte do mundo. E boas festas, em uma época em que elas estão em plena decadência, são uma raridade.

Assim como o amor.

Dançamos juntos, nos beijamos e nos esfregamos publicamente feito dois adolescentes. Eu estava eufórica. A sensação de estar com alguém por quem você é apaixonado é como a onda de uma bebida potente, e eu estava feliz e presente como não me sentia com nada. Otto é a única pessoa que aterra meus pés no chão, porque não tem outro jeito, ou eu aproveito o momento ou me escapa pelas mãos.

Beijá-lo na pista barulhenta é o que mais se aproxima de meditação. Sentir sua boca no meu pescoço, suas mãos na minha cintura e sua voz rouca de cigarro cantando "Dreams" do Fleetwood Mac no meu ouvido. Eu estou aqui, ele está comigo, e nada mais importa, não vejo mais ninguém.

Mas quando o sol nasce, o feitiço se acaba. As mãos se soltam na porta da boate, o beijo vira um estalo tímido na porta do táxi, o nó do corpo se desfaz porque ele vai para um lado e eu para o outro. Não é uma novidade para mim, mas nunca para de doer.

De casa ele me escreve, manda mais uma música e diz que não consegue dormir porque está pensando em mim. Releio a mensagem várias vezes, assim como a letra da música, sempre tentando achar uma mensagem cifrada. Tenho amor e raiva, acho bonito e covarde que ele viva dessa forma, mas é justamente encarar meu vazio no início da manhã que me faz pensar que talvez eu esteja em um lugar melhor.

A solidão é mais honesta do que deitar com alguém que não se quer.

Otto, ontem encontrei sua mulher. Foi durante um jantar com as minhas amigas num desses restaurantes bestas em Higienópolis que eu gosto de ir de vez em quando, para achar que me dei bem na vida. Ela é tão bonita. Tem uma elegância de estrela de cinema dos anos 20. Tive vontade de cutucar as meninas e contar, mas ia falar o quê, olha a mulher do meu amante aqui ao nosso lado?

Sem suportar a curiosidade de vê-la mais de perto, levantei como quem vai ao banheiro e me escondi atrás do biombo do salão para tentar ouvir o que ela falava. Uma cena patética a minha e, para piorar, ela falava de você. Disse que tinha chegado em casa de manhã. Que quando você passava a noite fora trabalhando não conseguia dormir direito, que tinha uma coisa de mãe de adolescente que só adormece de verdade quando o filho chega, e aquilo me deu um nó no peito porque naquela manhã você tinha saído do meu quarto.

Naquele momento eu senti mais afeto por ela do que culpa. Quis abraçá-la e dizer que entendo.

Mesmo que eu fosse a causa da angústia, nós éramos duas sequeladas de amor pelo mesmo homem, com a diferença de que ela tinha chegado antes e tinha tido coragem o suficiente para permanecer.

"Vai passar", é o que eu digo quando estou triste e alguém vem falar comigo sobre o assunto. "Vai passar", a resiliência dura construída por quem não teve muito a quem recorrer na infância. "Vai passar" porque mamãe e papai nunca ligaram muito para o assunto, mamãe inclusive de vez em quando ainda deita no meu colo para chorar e se esquece que me parir foi uma escolha dela, ela que deveria dar conta e não se orgulhar "de eu ser muito sua mãe também".

"Vai passar", repete meu eu criança-soldado-tão-obediente-e-tão-correta, e na verdade só passa depois que eu recolho os caquinhos do que for e me levanto por pura resiliência. "Levantar é preciso", a frase que eu gostaria que alguém tivesse me dito, mas não, eu aprendi na marra, sozinha com joelhos ralados e nenhuma mão na minha frente para segurar, por isso mesmo mascaro desejo e dor com outras coisas.

Tenho dificuldade para identificar sentimentos porque aprendi a escondê-los, mas hoje de manhã, quando cheguei ao aeroporto, tive a sensação física de que estava esquecendo alguma coisa. Essa sensação durou alguns dias, quando eu já estava no Rio.

Depois de algum tempo com ela ali insistente (e depois de checar duplamente a minha bolsa e os meus bolsos), percebi que a sensação não me largava porque estava faltando você, Otto.

Sempre vai faltar você.

Não vai passar.

"Você não quer metade?", "Senta aqui para ler comigo?", "Traz água quando vier?".

São dessas coisas que eu sinto falta.

Não da revolução da paixão avassaladora, mas do cotidiano besta, das comodidades, dos pés enrolados na madrugada, dos cafés da manhã longos no fim de semana e do beijo rápido ao sair de casa correndo de manhã para trabalhar.

Não do Gabriel em si, mas da sensação do amor que já viveu uns anos, que já tem fotos amareladas e já viu muito por aí.

Eu queria o meio, e você só me dá o coração na boca dos inícios, e a ansiedade de que sempre pode estar chegando ao fim, de que sempre pode ser a última vez.

Mas não vou te dar ao luxo de terminar, de mandar uma mensagem em um horário que sua mulher veja só para te ferrar, não esqueço os óculos no seu carro e nem marcas no seu corpo. Eu saio do quarto como quem sai da sala de cirurgia. Você na minha vida foi um trovão, a inevitabilidade de uma batida de carro, um tropeção, um engasgo, uma taquicardia, algo que não consegui escapar. Eu abri uma fresta, você meteu os dois pés e agora eu que lide com você ter tomado tudo me dando tão pouco em troca.

Então pelo menos o controle sobre o fim eu tenho que ter. A escolha de quando não te abrir mais a porta, a palavra final, o beijo de despedida. O fim do amor fica na minha mão, já que desde que você chegou eu não controlo mais nada e perdi o direito do "meio do amor", a parte boa do tédio, os pés na madrugada e a leitura de jornal no fim de semana preguiçoso.

Mas não existe mais jornal impresso, tempo ou "nós". Na verdade, eu e você nunca chegamos mesmo a existir, Otto. Você foi uma produção da minha cabeça que achava que histórias de amor assim podem existir na vida real, que o marido deixa a mulher pela amante e que todos se encontram anos depois para comer uma pizza no domingo.

Eu estou cansada de ponte aérea, dessa cidade, de achar graça nos motéis feios do centro e do coração na boca.

Eu estou cansada de viver isso tudo, fingindo com ares de mulher independente da novela das nove, de que na verdade eu não estava te esperando até agora.

BARCELONA

"This is what you get"

Estamos voando. Não tem teto para pousar e o piloto decidiu continuar voando.

O tal do estado de impermanência.

Não estou em um lugar e nem em outro. Estou no meio, e gosto.

Quanto mais velha fico, mais me estranha a ideia de ter uma casa só. Não tenho muitas coisas, não tenho quase nada.

Depois dos trinta, dizem que é preciso construir, mas hoje em dia só tenho uma cama, uns livros traduzidos e muitos desejos.

Eu deveria querer construir, mas não quero.

Ao meu lado, o homem sussurra uma melodia descompassada. Morre de medo, coloca a mão na testa e agora reza. Deve ter construído alguma coisa e por isso teme.

Eu não carrego nada além de palavras e por isso não tenho medo.

O homem não gosta de impermanências como eu.

Continuamos voando.

De: Lia N. <Lian@psmail.com>
Para: Otto B. <otto@obar.com.br>

Otto, acho que nunca ficamos tanto tempo sem co-municação. Não estou no Rio de Janeiro, nem em São Paulo – dessa vez vai ser um pouco mais difícil me encontrar pelas esquinas do centro.

Decidi fazer um curso em Barcelona. Até que, para quem nunca tinha saído do eixo Irajá-Copacabana-Centro de São Paulo, eu fui longe.

Escolhi não me despedir para nos poupar do drama, e porque não saberia o que dizer. Como a única forma que eu sempre encontrei para entender o que se passa comigo foi colocando no papel, achei melhor dizer "até logo" assim, em palavra escrita, que é concreto como as cartas, que viram um lugar de encontro.

Portanto, estarei aqui quando quiser me encontrar, no meio dos parágrafos que te escrevo, e provavelmente morrendo de saudade desses seus olhos amarelados.

Aliás, saudade, o sentimento, é tão concreto quanto palavra, Otto. Saudade é um lugar.

Quase sua,
Lia

Mesmo quando é noite, ainda tem sol em Barcelona. Achei que era um bom prenúncio para o meu primeiro dia no curso de catalão.

Pedi demissão do escritório e juntei a grana que sobrou com o adiantamento de um freela para traduzir o livro de uma "escritora bombada de Barcelona". A editora que me contratou ainda disse que ia me ajudar a encontrar a menina-promessa algum dia na cidade. Acharam chique a tradutora que vai para a cidade natal da escritora traduzir seu livro. Como se existisse algum glamour na minha profissão. O curso em que me inscrevi é uma mistura de escola com comunidade hippie. É uma "vivência", onde você divide uma casa com gente de outros países, só é permitido falar em espanhol ou catalão e você tem aulas opcionais alguns dias por semana. Uma forma de fazer as pessoas viajarem pagando menos do que gastariam alugando uma casa sozinhas e proporcionando uma vida confortável para os donos dessa residência.

Não me incomodo, todo mundo sai ganhando. Eu não teria mesmo grana para tirar um sabático em Barcelona (o que ninguém precisa saber) e, de qualquer forma, "curso de catalão na Espanha" ia ficar bonito no currículo algum dia.

Deixei minhas malas no salão e me apresentei para Alma, a mentora do curso, que não me respondeu nenhuma pergunta em inglês "para que eu já entrasse no espírito de aprendizado da casa", e fui conhecer um pouco do bairro.

As ruas de Gràcia são estreitas, tão estreitas que fiquei com a sensação de que os vizinhos podiam passar xícaras de açúcar uns para os outros só esticando as mãos. O bairro era uma versão melhorada e primeiro-mundista do Irajá, onde eu tinha crescido. Casinhas, lojas e restaurantes de vizinhos, gente que andava na rua se cumprimentando com a intimidade de uma vida toda.

Às oito e meia, quando voltei para o meu quarto e decidi desarrumar a mala ouvindo música e bebendo um vinho barato de boas-vindas, percebi que a janela do estúdio em frente ao meu estava aberta.

O vizinho estava desenhando, ou escrevendo, não sei, mas era um homem bonito de nariz fino e quase escondido atrás de uma barba sépia que era da mesma cor que fazia durante o anoitecer tardio das ruas de Gràcia.

A mesma cor sépia da luz que eu amava no outono em São Paulo, a mesma cor sépia dos olhos do cara que eu deixei lá e que nunca seria meu.

E tudo isso fez com que eu me sentisse imediatamente em casa.

De: Lia N. <Lian@psmail.com>
Para: Otto B. <otto@obar.com.br>

Naqueles momentos pós-sexo onde você passava lentamente as mãos nas minhas costas, eu tentava não me mexer. Tinha medo de suspirar muito fundo de alegria, ou de soltar um pouco mais o pescoço, e você perceber que o dia estava clareando, ou se sentir culpado por eu estar apaixonada por você enquanto sua mulher dormia. Eu achava que você ia sumir feito um encantamento, e geralmente você sumia.

Eu era feliz e tinha plena noção de que era, naqueles quartos decadentes e nas mensagens de texto que me abasteciam durante a semana.

Mas depois você sumia, e eu precisava de mais uma dose.

Se a ponte aérea estivesse cara, eu postava alguma foto bonitinha nas redes sociais e esperava você aparecer para me mostrar que ainda estava ali. Eu, você e a relação que eu inventei, meu namoro unilateral que preenchia tanto os meus dias.

Eu tinha você pela metade e não precisava de mais nada, Otto. Eu era viciada em você e ficava apavorada, com medo de me mexer e você ir embora.

É um poder muito grande para carregar, o amor de outra pessoa, e o que mais me incomoda hoje não é lembrar de tudo o que eu fiz evitando que você tirasse as mãos das minhas costas e ficasse um pouco mais.

É saber que talvez até hoje você não tenha entendido o quanto te amei.

Saí do quarto em silêncio para evitar encontrar os outros alunos residentes. Eu gosto pouquíssimo de gente e, mesmo sabendo que escolhi uma experiência de vida em comunidade nessa casa-curso, pretendia passar praticamente incólume por ela.

No corredor encontrei Alma, a diretora, que parecia estar ali esperando para me chamar para ir até a cozinha conhecer as três mulheres que morariam na residência e estudariam comigo.

Não existia rota de fuga.

Além de mim, também estavam Lydia, uma escritora inglesa da minha idade, Ruth, uma professora irlandesa de cinquenta anos, e Joan, pintora de San Francisco que pode ter entre sessenta e oitenta, já que a pele queimada de sol nunca me deixaria saber com certeza.

Tomamos café da manhã em uma mesa compartilhada no meio da casa, exercitando nosso espanhol e simpatia, e nos forçando a dividir queijos e histórias sobre os nossos países e profissões. Lydia disse que é uma grande leitora de Clara, a escritora que eu vim traduzir, e ficou espantada de eu não saber que ela estava em uma residência literária na Islândia. Sempre gostei mais das palavras do que dos homens, dos livros do que dos autores, então achei bom ter perdido Clara e ter uma justificativa plausível para dar à editora por não conseguir encontrá-la.

"A autora viajou para escrever um novo livro", já eu vim para cá parir a mim mesma.

Em Barcelona me perco entre as ramblas sujas, bairros chiques e esquinas povoadas por turistas e continuo sem entender nada de catalão. É engraçado uma tradutora que não sabe se comunicar, mais ainda uma que nunca tinha saído do país.

Eu finjo costume para a quantidade de coisas que conheço e aprendo nessa cidade, finjo que isso sempre me pertenceu, mesmo que cada novo passo seja um presente e um desafio.

Longe de casa eu posso ser quem eu quiser, eu posso refazer minha história, contar qualquer tipo de mentira, dizer até que isso me pertence, esse lugar de sonho e suspensão.

Mas também existem solidão, trabalho, contas a pagar e a curiosidade de saber se Otto já viu meu e-mail, minhas fotos e se sente saudade de mim.

De: Lia N. <Lian@psmail.com>
Para: Otto B. <otto@obar.com.br>

Tudo nesta cidade me lembra você. A boemia do bairro gótico, a arquitetura bonita e sem sentido, os turistas hipsters que você adoraria detestar, os skatistas do museu, as comidas, o rock catalão.

Uma cidade que vai ficando minha aos poucos, que eu tomo para mim assim como fiz com São Paulo e com a Zona Sul do Rio, que meus pais diziam que não pertencia a quem nascia com pouco.

Mas você me conhece. Eu sou teimosa, prepotente e teimo em conquistar territórios que não são para o meu bico. E eu consegui quase todos, menos você.

É engraçado que, mesmo não estando juntos, mesmo não podendo te ligar para contar da minha viagem, ter que esperar sempre a sua mensagem chegar antes de te escrever para que ela não veja, que mesmo vivendo uma vida sem que você saiba, eu vejo suas bandeiras de colonizador de terras por todo o meu corpo.

Mas um dia eu tiro uma a uma, Otto.

Até pertencer só a mim novamente.

Encontrei Joan, minha colega de casa e de curso, na rua a caminho do MACBA, o Museu de Arte Moderna de Barcelona. Ela me convidou para irmos juntas visitar a abertura de uma mostra e, comprometida a melhorar minha preguiça social, topei. Joan tem sessenta e oito anos e é uma ex-hippie californiana que nunca se casou. É muito bonita agora, na juventude deve ter deixado metade de San Francisco de coração partido. Ela disse que teve muitos amores, de todos os gêneros, mas nunca conseguiu ficar com alguém por mais de cinco anos. Cinco anos é tempo à beça, Joan! Não quando você tem sessenta e oito, ela respondeu.

Joan vive pulando de curso em curso, já conheceu o mundo todo pintando e vendendo seus quadros em outros países. Segundo ela, os franceses pagam bem, os brasileiros valorizam qualquer coisa que venha de fora e os espanhóis são rigorosos.

Ela fala que, como não tem nada que a prenda em casa, viaja sempre, mas ama voltar. É engraçado amar tanto assim a cidade onde se nasceu, conheço poucas pessoas com esse contentamento, mas ela diz que quer morrer em San Francisco. "E morrer em San Francisco prova mais amor do que morar."

Joan me contou dos seus dias de aluna na faculdade de Belas Artes, disse que a Califórnia foi o centro do mundo nos anos sessenta, para o bem e para o mal, e jura ter visto o Charles Manson e sua seita mais de uma vez. "Eles seguiam aquele cara por onde ele fosse. E, se você ouvisse ele falar com atenção, sem desconfiar um pouco de que tinha alguma loucura real, talvez seguisse ele também. Se tem uma coisa que todos esses líderes de seita têm em comum é o carisma. Carisma leva a gente pro buraco, cuidado." (Minha cabeça pensou em Otto imediatamente.) A mostra do MACBA era sobre uma artista francesa que ela adorava, que criava suas obras a partir de experiências amorosas. Disse pra ela que, se eu tomasse coragem para escrever um dia, talvez esse fosse o meu caminho também.

"Só não fala que é sobre você, querida. Se tem uma coisa que homem odeia no mercado de arte, e o mercado está lotado deles, é quando uma mulher interessante coloca sua vida pra jogo. Tem sempre menos valor do que qualquer coisa abstrata sobre o nada."

Passamos uma tarde agradável caminhando pela cidade, depois do museu. A primavera gelada permitia tomar muitas cervejas sem suar, e foi o que fizemos até o início da noite.

Quando voltei para o meu quarto, o vizinho da frente estava lá, jaqueta de couro marrom e barba sépia, fazendo alguma coisa na sala. Ouviu o disco "Ok Computer" todo (eu odeio Radiohead), e eu percebi porque decidi colocar a cadeira no balcão e ler como se não estivesse o observando. Como era bonito.

Ele olhou na minha direção – mas acho que não me viu –, fechou a janela e apagou a luz. Desceu carregando uma sacola de pão, imaginei que fosse jantar na casa da namorada.

(Bonita, nariz catalão, longilínea, cabelos pretos e dentes tortos, peitos médios em formato de gota. Sem bunda.)

Resolvi pegar o livro da escritora-promessa e finalmente comecei a traduzir.

São dez da noite e ainda tem sol em Barcelona.

De: Lia N. <Lian@psmail.com>
Para: Otto B. <otto@obar.com.br>

Lembra aquela tarde dos discos? As horas que a gente passou entrando em todas as lojas de vinil daquela galeria no Rio de Janeiro e, depois de sair de lá, bolsas cheias e bem menos grana, a gente ainda parou num bar – eu estava eufórica por ter você na minha cidade pela primeira vez.

De alguma forma você conseguiu fazer o dono concordar em ligar a vitrola e, durante duas, três horas, a gente ouviu nossos discos como se ninguém estivesse perto, bebemos, e de repente você deitou a cabeça no meu colo e perguntou: "Por que a vida é tão complicada?".

Antes que eu te beijasse, você levantou.

Depois disso a gente andou até o meu apartamento e você subiu com as coisas enquanto eu guardava a bicicleta. Abri a porta e tinha música de novo, e tem umas músicas que acabam comigo, você sabe, e você colocou Al Green, que covardia colocar Al Green. Você não me beijou e eu fui para o banho. Quando saí, deitei de toalha e cabelos molhados no seu colo, você fez um carinho no meu cocuruto e perguntou "Por que a vida é tão complicada?" enquanto respondia um e-mail dela sobre que tipo de marcenaria vocês deveriam usar no quarto.

Depois você tirou minha toalha, pegou uma das minhas canetas (na verdade, uma caneta permanente) e escreveu em mim: PLEASE HELP ME MEND MY BROKEN HEART. (Você lembra disso? A frase ficou escrita na minha lombar por três dias.)

Era engraçado que nos últimos meses você tivesse decidido não me beijar e não me comer, não sei se numa tentativa de ser monogâmico e menos tóxico para ela, e também para mim, mas o que você não entendia era que ouvir meus discos, deitar no meu colo, escrever em mim e me encontrar por vinte e quatro horas em outra cidade talvez fosse mais íntimo do que fazer sexo.

"É mais fácil se eu só sentar na sua cara", eu dizia. Mais fácil e com menos complicações.

A verdade é que você sempre soube, Otto. Era você. Desde o dia um foi você, tudo o que veio depois foi tentativa de despistar meu coração de você, você me movia.

Vejo a foto que tirei da frase escrita com caneta permanente na minha lombar e lembro de tudo.

Do quanto eu te queria.

Podia ter sido foda, Otto.

Mas virou literatura.

"Amanhã, às 18 horas, círculo de sagrado feminino na casa. Imperdível, transformador, potente. Esperamos você, Ruth e Lydia." Escorreguei no convite que parecia uma sentença quando abri a porta do meu quarto. Era mais uma atividade coletiva do curso, como Alma me contou no e-mail com o cronograma quando cheguei em Barcelona, mas eu insistia em esquecer. A participação é voluntária, ela dizia, mas, além do bilhete embaixo da porta, também me deparei com um enorme papel grudado na geladeira compartilhada que dizia o horário e as atividades da noite. Eu queria fugir, mas tirei um cochilo no meio da tradução e acordei tarde demais para sair sem ser notada.

Quando finalmente tomei coragem, a sala já estava preparada com velas acesas, incenso, tapetes e cadeiras em círculo. Ruth abriu um sorriso infantil agradecendo a minha presença, Lydia saiu do quarto com uma pilha de papéis e lápis, me abraçou, me entregou a pilha e pediu que eu os colocasse em todas as cadeiras.

Joan chegou visivelmente puta, de braços cruzados. Enquanto eu distribuía os papéis, mais mulheres chegaram com Alma, e fiquei com medo de que as pessoas achassem que eu tinha alguma coisa a ver com aquilo. Joan perguntou se já poderia se sentar, o joelho estava doendo um pouco, e Ruth pediu que ela tivesse um pouco de paciência porque as mulheres do círculo já estavam quase todas ali. Ela assentiu cansada e acenou para mim.

Quando Lydia tocou uma espécie de tambor metálico pedindo a atenção de cerca de dez mulheres, fui para perto de Joan. Ruth abriu a roda dizendo que um dos seus últimos trabalhos havia sido estudar rituais femininos ao longo dos anos, e que ela estava muito feliz de poder dividir um pouco do seu conhecimento naquela noite especial com mulheres que vieram trazendo suas sabedorias ancestrais.

Lembrei da minha avó me rezando com um galho de arruda quando eu era criança, da cara feia que a minha mãe fazia, do quanto meu pai ignorava o fato de que algumas vezes ao ano sua mãe tinha sonhos que realmente aconteciam. Eu amava a minha avó, mas odiava rituais.

Ruth começou a falar do quanto esse encontro na lua cheia nos aproximaria da nossa deusa interior, e nos ajudaria a ser mais fortes e criativas. Depois disse para formarmos pares. Eu e Joan continuamos juntas. Ruth pediu que cada uma de nós contasse um momento de dor ou trauma das nossas vidas uma para a outra. A vocalização daquela passagem para a parceira faria com que nos curássemos internamente.

– Morro de preguiça do sagrado feminino – Joan disse. – Estava lá quando isso foi inventado e já tinha preguiça, mas pode falar o que quiser, querida, sou toda ouvidos.

Segurei as mãos de Joan com uma empatia profunda. Ao nosso lado, Lydia, que fazia uma ronda entre os pares, disse:

– Deixa o ego ir, Lia, esteja presente.

– Ela está presente. Todas nós estamos – me defendeu Joan enquanto Lydia se afastava para encontrar os outros pares. – Como se tivéssemos opção de não estar.

– A primeira vez que me chamaram para um encontro de sagrado feminino eu achei que era um sistema de venda de pirâmides e neguei – contei para Joan. – Depois fui entendendo, mas, quando meu próprio grupo de amigas começou a querer me empurrar terapia de cristais com uma coach vidente, e insistir que eu usasse copo coletor mesmo com a minha endometriose horrorosa, cheguei à conclusão de que o sagrado feminino funciona melhor para quem tem grana.

– O que é copo coletor? – Joan quis saber.

Ruth interrompeu nossa conversa para dizer que o tempo tinha chegado ao fim. Vi mulheres chorando à minha volta enquanto se abraçavam e sorriam. Eu e Joan nos abraçamos também.

Lydia agradeceu ao grupo e nos convocou para a próxima atividade da noite, a meditação da loba. Joan me olhou com desespero.

– Quer dar o fora daqui? Tem vinho no meu quarto, eu disse. E Joan abriu um sorriso inédito naquela noite.

Fechamos a porta em silêncio, e fui direto para a sacada, torcendo para o vizinho estar lá.

– Quero te apresentar a minha vista, contei. – Mas as luzes do estúdio estavam apagadas.

Conversamos sentadas no chão, assistindo ao apartamento da frente enquanto dividíamos o vinho na minha única taça.

Joan quis saber mais sobre o vizinho, há quanto tempo estávamos saindo, mas eu disse que era uma relação platônica, já que nunca tinha falado com ele.

No final da garrafa, e depois de muitas histórias sobre seus casos pessoais, Joan levantou dizendo que, mesmo que ela estivesse adorando o papo, a lombar estava reclamando desde que Lydia havia nos obrigado a ficar horas em pé. Quando estava me despedindo, percebi que a luz do estúdio da frente havia sido acendida. Joan ficou para olhar o vizinho e ver se ele era mesmo tudo o que eu tinha falado.

Atestou que era bonito, de fato.

– Se eu fosse você, não deixava essa vista escapar. Chama logo o "guapetón" para sair.

E complementou, quando eu perguntei a melhor forma de abordar um estranho do outro lado da rua:

– Usa a criatividade e dá seu jeito, garota. Ir atrás dos seus desejos é a melhor forma de exercitar o tal sagrado feminino.

São 15:35 e o vizinho está arrumando a cama. Hoje ouviu Pavement. Acho que ele está preso nos anos 90, assim como eu.

Fui até o balcão com meu computador, trabalhei, fiquei um pouco no sol e entrei. Teve uma hora que cantamos um refrão juntos. (Acho que agora ele trocou para a rádio, porque toca uma música em espanhol que nunca ouvi na vida.) Ele tem um pôster em suas paredes azuis e ainda não me notou. Agora pegou uma mala no armário e colocou em cima da cama. Ele dobrou os casacos de forma tão ordenada que deu gosto de ver (deve ser virginiano). Fechou a mala e colocou um cadeado. Só quem vai viajar por um tempo coloca cadeado na mala. Espero que ele volte logo, ele é meu programa de TV favorito.

(Agora ele apagou a luz e está ouvindo uma versão de "Sentado à Beira do Caminho", do Roberto e Erasmo, em catalão – quais são as chances!? Quase tenho vontade de gritar que é uma música do meu país.)

Do lado de cá eu sorrio pela coincidência e penso se ele sabe que aqui é uma casa onde as pessoas vêm e vão o tempo todo, e que eu passo mais tempo olhando para ele do que traduzindo o livro.

De: Lia N. <Lian@psmail.com>
Para: Otto B. <otto@obar.com.br>

Trabalhar sempre foi meu pequeno poder. A escolha de palavras, a forma de interpretar o texto, o que eu decido se faz sentido ou não. Também deixo algumas marcas, pistas de um crime passional. Em todos os livros que traduzi até hoje coloquei uma frase minha, alguma coisa que não existia no texto original. Eu fazia isso com você também. E-mails na madrugada, fotos do ponto cego atrás da câmera de segurança onde você me comia na galeria do bar (o barulho do meu corpo prensado contra a grade de metal da loja de produtos esotéricos). Te mandava essas coisas para que você construísse com memórias um relacionamento que na verdade nunca existiu.

Eu acho que inventei você, Otto. E, pra esse lance de inventar, ninguém pode dizer que não tenho talento.

Algumas histórias de livros imaginários que eu gostaria de traduzir:

Skatista se apaixona por estudante de arte muda através do vidro do Museu de Arte Moderna de Barcelona.

Estudante dinamarquês chega em cidade do interior de Minas para fazer intercâmbio pelo Rotary Club e coisas estranhas começam a acontecer.

Casal de namorados se separa. Voltam a ficar. A mulher decide que não quer mais, precisa se separar. Homem descobre doença rara.

Mulher casa com todos os seus ex-namorados de diferentes partes do mundo, só para saber como seria a festa.

Mulher que tem problemas para gozar descobre irmã gêmea perdida vendo um filme pornô feminista.

Mulher escreve um livro sobre o caso que tinha com um homem casado e ganha um prêmio.

O jardim da residência é emoldurado por uma janela de vidros coloridos enormes, e eu sento em frente a ela todos os dias.

É tão bonito e tão pacífico que me dá vontade de chorar. Eu quase nunca consigo trabalhar sem ouvir o barulho ensurdecedor da rua que fica atrás da janela do lugar que eu chamo de casa. Do lugar que eu nem sei mais se é a minha casa.

A paz que Barcelona me provoca vem acompanhada de angústia, porque paz é o lugar fora da minha zona de conforto.

O lugar que eu conheço é rodeado de pensamentos obsessivos e de culpa por estar feliz.

A calma vem sempre acompanhada de medo, é sempre assustador.

Penso em quantos casamentos já devem ter terminado por excesso de paz. Quantos empregos já não foram largados e problemas criados justamente por estarmos em paz. Quem diz que quer calma está mentindo, as pessoas querem frisson, frio na barriga, a sensação de quase perder algo para finalmente dar valor a isso.

Por aqui estou tentando alargar essa sensação ao máximo. Como métodos de estender meu bem-estar, tenho andado de olhos abertos para a cidade, sem rumo, e me emociono o tempo todo.

É quase provável que essa viagem me faça uma pessoa melhor.

Ontem escrevi para minha mãe e para minha irmã contando a experiência em Barcelona, dizendo que o intensivo é ótimo, meu catalão está divino e que o trabalho vai superbem.

Disse também para a minha mãe não se preocupar, guardei dinheiro para alguns meses e tenho a segunda parte da tradução para receber, que é o que na verdade vai deixá-la feliz, saber que tenho dinheiro para me manter e que continuo sendo espartana com as minhas economias, como era meu pai.

Mas eu não sou como ele.

Quando meu pai morreu jovem, de infarto fulminante, minha mãe aceitou com uma resignação assustadora sua viuvez aos quarenta e cinco anos porque "foi como Deus quis". Passei alguns anos da adolescência dizendo que Deus também queria que ela arrumasse um namorado, mas ela nunca se permitiu pensar na ideia. Quando meu pai morreu, eu sofri. Nós éramos a típica família do subúrbio do Rio de Janeiro. Quatro: um pai, uma mãe e duas filhas. Íamos à igreja aos domingos, vivíamos das mensalidades de uma escola herdada da minha avó no Irajá, onde meus pais trabalhavam como professores, viajávamos para Guarapari nas férias e, quando fizemos 15 anos, ganhamos uma viagem para a Disney parcelada em muitas prestações.

Fomos educadas para sermos educadas, para não querermos muito mais do que já tínhamos.

"Quem nasce num orçamento contado, como é o nosso caso, não pode se dar ao luxo de ser artista", minha mãe dizia quando minha irmã insistia em querer participar de todos os concursos de balé do estado.

65

Até que um dia ela cansou de competir e casou com o primeiro namorado, meu pai morreu, e minha mãe nunca mais namorou.

Às vezes eu me sentia bem mais especial que elas. A filha que tinha dado certo, a que tinha tido coragem de desbravar os bairros que disseram que não nos pertenciam, a que tinha escolhido uma profissão incomum e conseguido pagar as contas ainda assim. A diferente, a que não se acostuma.

Porém, de nós três, a única realmente angustiada.

Minha mãe e minha irmã levam a vida que gostam, já eu sou feliz em turnos, e vira e mexe não tenho absolutamente a mais vaga ideia do que vou fazer, mas Barcelona é um lugar de suspensão e, enquanto estou aqui, não preciso pensar em nada.

E não pensar é uma das formas mais efetivas de se ter um pouco de paz.

De: Lia N. <Lian@psmail.com>
Para: Otto B. <otto@obar.com.br>

Hola corazón, como você está? Por aqui, um sentimento inédito: está tudo bem. Lembro de poucos momentos em que eu estava vivendo algo onde eu era feliz e sabia. Aqui em Barcelona eu ando assim. Não sei se porque estou em estado de suspensão, longe dos problemas cotidianos, se é por ter descoberto que viajar é a coisa mais bonita do mundo, ou se algo realmente mudou dentro de mim.

Como sempre, tenho pensado em você, que com certeza faz parte dessa revolução. A distância me faz olhar para o nosso relacionamento de luneta. Daqui vejo um planeta raro e inabitado. Não conseguimos viver plenamente um relacionamento, porém não deixo de achar que tivemos um.

Um amor extraoficial, egoísta, cego, mas definitivamente real. Pelo menos da parte que me cabe do lado de cá. Eu sei que você me amou (me ama?) e você sabe que sou louca por você.

De alguma forma quero acreditar que você consegue separar seu amor por ela e por mim em gavetas bonitas, forradas em papel de seda. Sei que é possível gostar de duas pessoas ao mesmo tempo desde a quinta série, quando não conseguia me decidir entre Davi e Marcelo, e, de forma muito inédita, ainda tinha uns formigamentos quando Sofia trançava meu cabelo.

A dificuldade não é aceitar o amor compartimentado, e sim não conseguir gostar de mais ninguém e ver minha vida girando em círculos, onde tudo começa e termina com as suas mensagens de texto decidindo por hora e lugar. Até que virou pouco para mim, cariño. Agora resta ver o que o acaso nos reserva. Espero que o melhor.

Com amor e saudade,
Lia

Hoje de manhã tivemos um encontro criativo, uma espécie de performance literária tocada pela escritora que mora aqui. Participaram Lydia, Alma, um escritor madrilenho e um casal catalão de meia-idade.

Foi assim: um deles ficava com uma câmera na mão, e o grupo olhava para um telão enquanto outra pessoa tomava os teclados de um computador antigo. A pessoa que tinha a câmera passeava pelos cômodos da residência e quem sentava à mesa do computador escrevia um texto na hora, inspirado pelas coisas que estava vendo, e quem sentasse depois continuava a história.

Quando me pediram para tomar o lugar, Lydia pegou a câmera, passou pela longa varanda, pela cozinha, pela sala principal onde fazíamos juntos as refeições e, de repente, entrou no meu quarto.

Revelou para aquelas pessoas minhas malas no chão de pedra, minha calcinha pendurada no cabide, meu caderno aberto com frases desconexas, o balcão e a vista para a casa do vizinho, que estava em pé desfazendo a mala.

Imaginei o porquê de a viagem ter sido curta: ele foi encontrar a namorada? Se separar dela? Dentro da mala existe uma caixinha com um anel? Ele foi pedir a moça em casamento e ela declinou? Ele foi visitar os pais que moram em outra cidade? Enterrar alguém?

Enquanto Lydia mirava a câmera no balcão feito uma arma, eu digitei: "No existe nada más difícil que enterrar um amor que nunca existió".

De: Lia N. <Lian@psmail.com>
Para: Otto B. <otto@obar.com.br>

Otto, estou usando os brincos vermelhos. Gosto porque eles sempre anunciam a minha chegada e, além de tudo, foi o primeiro presente que você me deu. Eu era louca por você, Otto, sempre fui, será que você soube mesmo? Tinha vezes que eu me afastava, que questionava tudo e me culpava por te amar. Saía com outros caras para me provar que tinha vida além da gente, e tinha, por alguns eu até me apaixonei, mas você sempre percebia meu distanciamento e aparecia para me provar que era o melhor de todos.

Você chegava na minha casa e eu esquecia os vizinhos, a hora, o trabalho. Ficava com raiva se alguém ligasse e a conversa demorasse mais de dois minutos. Tinha agonia do tempo em que eu desperdiçava com você olhando meus discos enquanto eu tinha que mandar um e-mail ou escrever uma mensagem, porque cada segundo era raro, bom, então por você, e apenas por você, eu colocava meu celular no modo avião – no resto do tempo eu esperava pela nossa adorável batalha de mensagens de texto, sexo virtual e nudes produzidos.

Você era um vício, que durou muito e eu deixei que roubasse todas as histórias de amor saudáveis, talvez monogâmicas, familiares.

Alguém que eu pudesse apresentar para a minha mãe.

Eu te deixei ficar com tudo, entreguei o que eu tinha na sua mão e não vi a vida passar porque o telefone estava desligado.

Mas agora estou aqui, de olhos bem abertos em outro país, vivendo outras coisas, histórias, nova língua, e também amores, mesmo que meu coração continue saindo do corpo quando eu leio seu nome.

Só que agora, finalmente, com um pouco mais de autocontrole.

Em quase um mês frequentando eventos e clubes do livro em espanhol com a minha amiga mais velha de curso, cheguei à conclusão de que eu precisava de um pouco de sexo e colágeno, ou de pelo menos uma boa história na cidade, então venci meu preconceito e entrei em um aplicativo de relacionamento para tentar resolver uma dessas questões.

O Raval é o meu bairro preferido em Barcelona. Dentre os lugares que eu frequento lá está o Side Car, um inferninho de música alta que cala minha cabeça que não para como poucas coisas. Foi lá que eu marquei de encontrar Martin, vocalista de uma banda cover do Joy Division, com quem eu tinha conversado durante a semana.

(Nunca imaginei que um dia eu fosse sair com alguém que toca numa banda cover, mas também não imaginava que seria o tipo de pessoa com paciência para aplicativo de relacionamento, então estava tudo certo.)

Martin me esperou de jaqueta de couro e drink na mão, e fazia exatamente meu tipo: cara de psicopata e estilo de ator de cinema italiano dos anos 50. Me contou a vida inteira em cinco minutos, não sei se porque é dado aos encontros ou se é dessas pessoas que ficam nervosas e desatam a falar, mas eu gostei de suas histórias. Ele nasceu e mora num lugar ao lado do aeroporto de Barcelona, chamado El Prat. Seus pais trabalhavam em fábricas da região, e, assim como eu, ele tinha crescido achando que seu destino era fazer a mesma coisa de todas as gerações anteriores da sua família.

Mas Martin decidiu que queria cantar, e cantar igual ao Ian Curtis, vocalista inglês que tirou a própria vida aos 23 anos se enforcando na cozinha.

Eu disse que desejava que ele fizesse sucesso e continuasse vivo. E perguntei se também trabalhava em alguma coisa autoral além de tocar as músicas do Joy Division. Martin me contou sobre o lucrativo mercado de bandas covers e disse que, além de tudo, ninguém estava interessado em ouvir suas composições, suas histórias.

Eu estava.

Naquela noite nós dançamos, bebemos, nos beijamos num fog de cigarro e nos agarramos bastante na parede grudenta do Side Car – grudenta como as boates que eu frequentava no Rio de Janeiro nos anos 2000 – e, embora tudo estivesse indo bem e bastante promissor, eu percebi que Martin estava bêbado demais para me comer com qualidade e decidi ir embora com a história, ao invés do sexo.

Cheguei em casa quase duas da manhã. Como de costume, andei até o balcão do quarto para sentir o vento frio no rosto me trazer sobriedade antes de dormir. Percebi a luz acesa do apartamento da frente e o vizinho sentado no chão ouvindo "Sentado à Beira do Caminho" em catalão mais uma vez.

Eu devo ter ficado um longo tempo apoiando meus braços na grade, porque em algum momento ele percebeu minha presença, levantou e sorriu para mim.

– Eu gosto das suas músicas! – gritei do meu lado do balcão.

Ele sorriu e fez um sinal dizendo que não entendeu o que eu falei. Gritei, morrendo de medo de acordar o bairro de Gràcia inteiro:

– I LIKE YOUR SONGS.

O vizinho sorriu, agradeceu e perguntou se eu queria ir lá escutar.

Peguei minha jaqueta e desci as escadas da forma mais silenciosa possível, como se o bairro inteiro já não tivesse ouvido minha voz. Atravessei a minúscula rua que nos separava e, quando entrei no prédio, ele me esperava no fim da escada enrolando um cigarro de tabaco.

Seu nome é Daniel, ele tem 35 anos, é arquiteto, mas tirou um período sabático para se dedicar à pintura, e seu projeto atual era visitar os pontos turísticos conhecidos e afetivos de Barcelona e fazer uma aquarela de cada um deles. A série era numerada, só havia uma pintura de cada lugar, e ele passava o dia oferecendo seu trabalho em galerias de arte e lojas de decoração.

Pegou o que estava trabalhando para me mostrar, um desenho da Casa Battló, criada pelo Gaudí. Aquele era um dos seus preferidos, já que a casa era um dos lugares que ele mais amava na cidade e, por coincidência, me causava o mesmo encantamento desde que eu tinha chegado lá.

Ele perguntou o que eu fazia e se eu morava há muito tempo naquela casa – ele sempre via muitas pessoas entrando e saindo, mas era a primeira vez que conversava com alguém de lá.

Expliquei do curso de catalão e menti dizendo que tinha ganhado uma bolsa de excelência do meu país por ser uma ótima tradutora, um prêmio. Ele ficou impressionado com meu talento de mentira. Daniel na verdade estava morando lá há pouquíssimo tempo. Ele passou os últimos anos trabalhando em Bolonha, na Itália, em um escritório de arquitetura. Aquele era o apartamento que a sua irmã tinha emprestado a ele por uns meses, ela que era amiga da Alma. Perguntei por que ele tinha decidido voltar para Barcelona.

– Separação difícil. Mas a Itália é incrível e não tem nada com isso, você deveria passar lá se puder, aliás, você sabe que canção é essa que você elogiou?

– Sim, é um clássico da música brasileira dos anos setenta. É de um cantor adorado no meu país.

– Impossível, o que vocês ouvem na verdade é uma versão para a música que eu tinha escutado, hit da cantora italiana Ornella Vanoni.

– De longe eu jurava que era catalão.

– Italiano.

Daniel perguntou como era morar no Brasil, sempre quis ir até lá, morria de curiosidade de conhecer Minas Gerais, seus pais tinham ido há uns anos e ficaram encantados. Eu disse que era realmente bonito e que achava maravilhoso alguém querer ir direto para Minas Gerais ao invés do Rio de Janeiro, uma cidade tão bonita quanto distópica.

Ele riu, eu adorei a sensação. Não sou feia, mas nunca ganhei os homens pela beleza, então o humor sempre foi meu trunfo, mesmo que às vezes descambasse para autodepreciação, e assim continuamos rindo, dividindo cigarros e ouvindo músicas em português e italiano.

Em um dado momento Daniel passou os braços pelos meus ombros, me puxou para perto dele e começou a cantar no meu ouvido.

"amore è già tardi e non resisto
se tu non arrivi non esisto
non esisto, non esistò"

Fodemos em cima do vinil de Ornella Vanoni. Um sexo recatado, mas honesto. Quando gozou, Daniel levantou tímido para apertar outro cigarro enquanto eu fui até a varanda ver pela primeira vez qual é vista que ele tem do meu quarto, deste lado do balcão.

A notícia me pegou feito um nocaute: Gabriel vai se casar. Minha amiga disse como quem falasse do tempo: "Choveu né?", mas a verdade é que perdi o equilíbrio no metrô. Não acredito em quem passa impune ao fim. Desconfio de alguém que escuta a notícia de um casamento ou de um parto do ex-amor com indiferença. Como se aquilo pudesse apagar a piada interna que é ter tido um relacionamento com outra pessoa, apagasse os planos, os desejos, a história.

Mesmo que o tempo tenha passado e a dor já esteja dissolvida feito um remédio, ela nunca se vai totalmente. Meu coração é um pastiche dos meus relacionamentos passados, e saber que ele seguiu em frente dessa maneira faz voltar a doer. É um misto de susto com prepotência. Por que foi ela? Por que não eu? (Eu sei que existe amor depois do amor, mas eu não preciso ver.)

A senhora fofoqueira dentro de mim toma fôlego e faz mil perguntas por segundo. "Vai ter festa?" Vai. "Teve anel?" Teve, sim. "Onde vai ser a recepção?" Na casa dos pais dela. "Ela é bonita? Não responde, por favor." "Há quanto tempo eles estão juntos?" Um ano.

Um ano. E nós ficamos juntos por tantos outros. Mas talvez nada com tanta força que tenha feito ele ter vontade de se ajoelhar. Ou eu.

Passado o choque, sentei em um bar no Raval e bebi duas garrafas de vinho chorando para os garçons.

O que me faz sentir a dor de verdade não é eles terem o vestido, a festa ou o bolo. Não é ter os amigos reunidos, a música ou a lua de mel. O que me revira as entranhas é o ciúme que eu sinto de "sentir certeza".

Da audácia de fazer escolhas. Desse olhar para o outro e saber que ela é a pessoa ideal. "É você, eu sei." Sabe como? Onde se localiza a certeza? É no coração ou na pelve? É no estômago? Como você sabe o que é? Como faz para sentir?

Não sei se um dia vou querer tanto alguém a ponto de fazer uma festa para celebrar o amor e dizer para o mundo que saí de cena, sempre me espantaram a coragem e a prepotência dos noivos. Mas sempre me causaram inveja também.

De: Lia N. <Lian@psmail.com>
Para: Otto B. <otto@obar.com.br>

Otto, às vezes eu tinha a fantasia de que sua mulher ficaria grávida de você. Isso bem no auge do nosso caso. Eu pensava que estaria andando por São Paulo e, sem saber de nada, encontraria vocês dois de mãos dadas, ela grávida de um filho seu que eu não teria, um filho que eu nem queria ter, mas um filho que modificaria o corpo dela, incharia, cresceria, faria ela virar bicho carregando o rebento do homem que eu amava, enquanto aqui em Barcelona meu corpo se modifica por excessos de croissant.

Será que você quer ser pai? Será que um dia vai ser?

Eu não quero ser mãe, Otto, mas, se por acaso um dia eu ficar grávida de alguém, você me comeria? Você me comeria como uma despedida?

Daniel me convidou para um encontro. Disse que jogaria um avião de papel na minha varanda, mas achou mais efetivo me mandar uma mensagem de texto. Ele tinha dois ingressos para a abertura de uma mostra no CCCB, o Centro de Cultura Contemporânea de Barcelona, onde vários artistas plásticos interpretariam a obra do escritor W.G. Sebald.

Levei Joan comigo, que entrou no programa sob protestos de "antirromantismo e corta-tesão aparecer num date com mais alguém", mas eu queria que ela também visse a exposição.

Chegamos juntas, e ele esperava na porta. Elogiou meu vestido, foi gentil com a minha amiga e prestou atenção em tudo o que dissemos na exposição.

Depois de um tempo, Joan falou que ia embora porque tinha parado de fazer ménage nos anos 80. Me deu um beijo e disse no meu ouvido para aproveitar. "A gente só tem trinta uma vez. E isso significa que já temos idade o suficiente para fazer o que bem entendermos, com experiência o bastante para já saber o que vai dar merda, mas, graças a Deus, nem tanto discernimento assim. Mas os olhos desse menino são bons", completou. "O que me preocupa são os seus."

Daniel me mostrou o resto do Centro Cultural, perguntou o que eu achava e contou que em alguns dias ele daria um curso de desenho livre ali. Disse que estava finalmente feliz por ter voltado a Barcelona e esperava que eu estivesse gostando da cidade.

Eu ainda não sei o que vim fazer aqui. Estar num intensivo de catalão dentro de uma casa é tipo trepar em motel. Um lugar que te obriga a fazer uma coisa, não necessariamente o que você quer naquele momento, mas o espaço, preparado e feito para aquilo, grita o tempo inteiro no seu ouvido que você está ali por um motivo. Então trate de aproveitá-lo. E, de preferência, trabalhando!

Penso tudo isso numa velocidade alucinante, e meu estômago se contorce de angústia. Entre as poucas coisas que firmam meus pés no chão e fazem meu corpo e minha cabeça funcionarem juntos está o sexo.

– Vamos para a sua casa?

Tirei minha roupa na escada, antes de chegar na porta dele. Daniel não ficou nervoso, nem tentou me proteger dos vizinhos, sorriu e bateu palmas quando joguei minha última peça no chão.

Me comeu primeiro na sala, em pé, e depois na sua cama. Apaguei no seu peito e, quando acordei, ele ainda dormia me abraçando por trás. Aquela cena, nossas pernas entremeadas na cama daquele apartamento que era um bunker reconstruído após a devassidão de uma separação, não cheirava a napalm, cheirava a início. E nada é mais imbatível do que um início.

Finalmente aceitei o convite de Martin para assistir a seu show no Side Car e já na entrada vi aquele homem enorme acenando feliz pela minha chegada. Tinha uma garrafa de rum escondida na jaqueta, fez trinta piadas ruins, eu ri de todas, ele ficou satisfeito como um filhote e me apresentou aos outros integrantes da banda como sua amiga brasileira.

Chegada a hora do show, me deu um beijo demorado na boca e disse que esperava que eu gostasse.

"Vou gostar."

Martin cantou e se sacolejou e instituiu para o pequeno público que "O amor vai nos separar novamente", como diz o lendário refrão do Joy Division. Fez tudo como manda o figurino da banda cover, só não fingiu ter a epilepsia de Ian Curtis porque talvez pegasse mal, mas dançou igualzinho.

No final do show eu estava bêbada e com tesão – o tal do efeito de palco mesmo que seja imitando uma outra pessoa –, então acabei topando ir para a casa dele, ou melhor, para outra cidade, já que ele morava em El Prat, e ignorei o fato de ele estar bêbado enquanto dirigia trocando de música sem parar feito um maníaco.

O apartamento de Martin era divertido, mas também era provavelmente o lugar mais sujo a que eu já tinha ido na vida, o que me fez automaticamente apelidá-lo de Trainspratting em alusão ao filme sobre viciados em heroína dos anos 90. Os cômodos tinham sido trocados de lugar por causa do caos. O quarto estava soterrado de roupas, a sala virou a cama, e a cozinha era um amontoado de louças e copos de geleia feitos de cinzeiro.

Perguntei onde era o banheiro na intenção de esconder na bolsa minha calcinha velha e passei um tempo tentando entender de onde vinha o cheiro de queimado que descobri depois ser um cigarro apagado na parte de cima da privada.

Quando voltei, Martin tirou meu vestido feito um garoto de 15 anos. Me deitou no colchão de ar que fazia as vezes de sofá e começamos a trepar, com ele gritando alguma coisa em catalão que eu entendi como "aperta o meu saco". No meio do sexo ele pediu desculpas, levantou para vomitar e vomitou uma, duas, três vezes. Eu, que não gosto de dormir na casa dos caras e tenho problemas com apagar ao lado de alguém sem um remedinho, adormeci no meio da sinfonia grotesca como se estivesse na minha cama. Acho que meu corpo entendeu que estava em El Prat sem bateria no telefone e por isso precisava dormir para não me apavorar. Acordei com Martin ao meu lado vestindo uma camisa que homenageava o aniversário de setenta anos de alguém da família.

Quando fui ao banheiro estava tudo lá, o vômito da noite anterior, o cigarro apagado, menos o papel higiênico. Prendi o xixi o caminho inteiro de volta para Barcelona enquanto ele trocava as músicas de forma maníaca como havia feito na noite anterior.

Ao me deixar na residência, Martin agradeceu pela noite e disse que ficava feliz em ganhar uma nova amiga. Fechei a porta do carro agradecendo por estar viva e talvez ter ganhado apenas uma infecção urinária.

Subi as escadas como se estivesse entrando escondido em um convento. Torci para ter deixado as portas do meu balcão fechadas, não queria que o vizinho me visse chegando de rímel borrado. Há algumas semanas Daniel dizia que queria ir a Tibidabo. Aquela era a manhã combinada para o passeio e eu estava atrasada.

Tomei uma ducha depressa, percebi a marca roxa de dedos no meu quadril e não sabia de qual dos dois era aquela mão. Quando finalmente desci, Daniel já me esperava na moto.

Tibidabo é um parque, um dos mirantes mais altos de Barcelona e um lugar afetivo para ele, já que a casa em que seus pais tinham morado logo depois de se casar, a casa em que ele e a irmã tinham nascido, ficava logo na subida para o mirante.

Chegando lá, Daniel me mostrou de longe a igreja enorme que ficava bem na entrada da montanha e me explicou que ela demorou sessenta anos para ficar pronta. A série de desenhos de pontos turísticos de Barcelona que ele estava fazendo tinha ficado relativamente popular em lojas da cidade e, como ainda faltava Tibidabo, planejava começar pela igreja. Mas antes queria andar comigo pelo parque de diversões.

Me mostrou os brinquedos em que ia quando criança, tiramos fotos, e ele me contou com detalhes os passeios que fazia por ali com os pais. Quis saber da minha infância, da minha família e dos meus planos.

Faltavam algumas semanas para acabar o curso e eu não tinha o catalão afiado, nem mesmo um projeto concreto, mas tinha um novo padrão de relacionamento.

Eu não lembro a última vez que andei de mãos dadas em público com alguém.

De: Lia N. <Lian@psmail.com>
Para: Otto B. <otto@obar.com.br>

Ontem sonhei com você. A gente estava aqui em Barcelona, era meu aniversário, e você ligava para me avisar que eu estava atrasada para jantar com meus amigos, mas que não fazia mal, você fazia sala para eles até que eu chegasse.

Eu me arrumava com rapidez e podia sentir a euforia de ter você presente nessa data, conhecendo as pessoas que eu amava (que no sonho ironicamente eram meus colegas de trabalho).

Acordei, ainda é maio, você não está aqui.

(E não faria sala para ninguém.)

É engraçado pensar que em pouco tempo tanta coisa tenha mudado. A cama, o endereço, os amigos, o país, eu mesma, menos você.

Você e essa saudade que eu sinto, Otto.

Essa nunca muda.

Quase sua,

Lia

De: Otto B. <otto@obar.com.br>
Para: Lia N. <Lian@psmail.com>
Assunto: Re: Sonhei com você.

Você. Sempre atrasada. Eu. Sempre te esperando.

Vou ter que ir para Barcelona te arrancar um drink.

(É claro que eu faria sala para os seus amigos, você só precisa me apresentar para eles.)

Sempre seu,

Otto.

De: Lia N. <Lian@psmail.com>
Para: Otto B. <otto@obar.com.br>

Vem.

Dizem que, quando um acontecimento desses que muda completamente o curso das coisas está para acontecer, sempre aparecem alguns sinais: o táxi quebra a caminho do prédio que vai explodir, você fica preso no elevador e não embarca no avião que cai, um vendaval sinistro acontece na porta da sua casa e isso te impede de sair naquela hora, evitando um assalto. Eu devia ter percebido alguma coisa quando minha internet não pegava de jeito nenhum, me deixando sem notícias do mundo desde a madrugada.

Pela manhã, ao sair de casa para tentar me conectar do café na esquina, percebi que Gràcia estava no meio de um apagão elétrico, ninguém tinha rede e meu celular só funcionava no wi-fi. Ao invés de achar que talvez aquilo fosse um sinal de que era melhor sentar e traduzir sem uma desculpa para procrastinar, a falta de comunicação me deixava inquieta, o que me fez pensar que mais abaixo, na Praça Catalunha, eu conseguiria conexão em um restaurante.

O meu bilhete de metrô estava esgotado, e a máquina da estação havia quebrado. Decidi caminhar até lá e no meio do caminho encontrei Joan, que insistiu que eu fosse ao cinema com ela, o que provavelmente teria me ocupado o resto da tarde, me fazendo esquecer o mundo externo, me ajudando a focar no momento presente como ensinava o curso de meditação mindfulness que eu abandonei na terceira aula.

Mas ainda assim eu insisti e fui até a praça para conseguir internet.

A mudança de curso estava no meu e-mail há 24 horas e se chamava Otto, que me escreveu dizendo que estava indo para um festival de música em Londres com uns amigos – mas antes, lógico, por que não, tinha decidido passar em Barcelona. Otto disse que esperava uma resposta sobre a melhor hora e lugar para encontrá-lo e repetiu algumas vezes o quanto queria me ver.

Daniel dando aula de desenho me deixou com muito tesão. Não sei fazer um simples boneco sem usar aquelas linhas retas com um círculo espetado, então não consigo julgar a competência do professor, mas Joan, minha companheira de classe, disse que ele levava muito jeito pra coisa.

Escrevi exatamente que coisa e entreguei para ele ler num intervalo da aula que eu tinha prometido ir assistir, mas que decidi interromper porque meu telefone não parava de tocar.

Eu tinha dado meu número, só não imaginava que um dia ele ia ligar.

Me despedi de Joan sob protestos, que disse que a aula de desenho ia fazer bem até para mim que não desenho nada.

– Pelo menos vai treinar o idioma vendo o guapetón ensinar.

Disse que preferia o guapetón sem roupa.

– Não me venha com comportamento de millennial, Lia. Você é melhor do que isso, fica aqui e desliga esse celular.

Eu disse pra ela que tinha uma visita me esperando, o líder da minha seita tinha chegado a Barcelona para me ver depois de muito tempo, e eu precisava decidir se atendia ou não.

– Querida, histórias assim a gente já conhece o final, mas não adianta, você vai fazer exatamente o que quer.

– Mas eu não sei o que eu quero!

– Você sabe, Lia, a gente sempre sabe o que quer.

À noite fomos conhecer o bar de um amigo de Daniel no Poblenou. Segundo ele, eu estava mais silenciosa que o comum, o que provavelmente era verdade, já que estava martelando o tempo todo a chegada de Otto em Barcelona: se eu tinha que ter respondido, como eu faria com a logística, se eu queria e se eu devia ter aquele encontro.

Daniel não problematizou meu silêncio, pelo contrário, foi gentil e amoroso e disse que sabia por que eu estava triste: meu tempo em Barcelona estava chegando ao fim, mas isso não causava tristeza só em mim, causava nele também.

Ele tomou ar como se fosse mergulhar, pegou minha mão e disse que, mesmo que o curso acabasse, eu não precisaria voltar para o Brasil. Eu poderia ficar na casa dele por um tempo ou, se eu não me sentisse confortável em dividir o pequeno apartamento, ele me ajudaria a encontrar um com preço justo, mas não queria que eu fosse embora, já havia pagado pelo não dito em outras ocasiões e dessa vez deixaria claros os seus desejos. Ele queria que eu ficasse e disse que eu nem precisava responder agora, só queria que soubesse o quanto era bem-vinda na sua casa e na sua vida.

Daniel puxou minha cadeira para perto, deixei que ele achasse que meu silêncio era o medo de uma despedida e enterrei meu rosto em seus ombros para ficar quieta e observar o movimento das pessoas que deixavam Barcelona ainda mais cheia durante o período dos festivais de música.

E aí meu corpo gelou como se um fantasma tivesse encostado em mim.

De longe eu vi o rosto que reconheceria em qualquer lugar do mundo, no Maracanã lotado, no centro de São Paulo, num arrastão em Copacabana, em uma rua no Poblenou.

Abaixei a cabeça com a esperança de que Otto não me visse, mas ele também me encontraria em qualquer lugar.

– Lia?

Daniel olhou curioso.

– Sou um amigo dela do Brasil – Otto disse quando apertou a mão dele. – Nos conhecemos anos atrás em São Paulo, mas nunca mais nos vimos.

(Enquanto isso a minha cabeça passeava pelo flashback do dia em que o conheci no bar e pelo motel a que iríamos poucas horas depois. Qual foi o primeiro motel?)

Daniel, cortês como sempre, e principalmente por estar encantado em conhecer um grande amigo meu, comentou a enorme coincidência de encontrarmos Otto num bar no Poblenou.

– Você sabia que ele estava na cidade, Lia?

– Não fazia ideia!

– Você gostaria de sentar com a gente?

– Acho que não, ele deve estar indo para algum lugar.

– Claro, vou adorar.

Otto sentou-se à nossa mesa, e Daniel perguntou se ele gostaria de provar a Cava que estávamos bebendo.

– Prefiro cerveja, obrigado.

Os dois emendaram uma conversa sobre bares em Barcelona enquanto eu fiquei absolutamente calada, em estado de choque e de graça, tudo ao mesmo tempo.

Otto perguntou o que Daniel fazia e ele começou a contar sobre seu trabalho de designer e artista plástico em Barcelona. Quando Daniel devolveu a pergunta, Otto falou: "nada tão glamouroso, sou dono de bar", despertando curiosidade sobre como é ser dono de uma bodega em San Paolo.

Otto perguntou como nos conhecemos, e Daniel se empolgou em contar a "história que é tão maravilhosa quanto a coincidência de encontrar um amigo do Brasil na rua". Otto chegou sua cadeira para frente, como se não estivesse ouvindo direito o que Daniel falava, e nessa hora pousou sua mão na minha coxa.

– Vizinho do prédio da frente, jura? Que máximo.

E foi com o braço para baixo do meu vestido.

– Quando alguma coisa tem que acontecer, nada impede.

Jogou o corpo em cima da mesa, levando mais as mãos para dentro da minha perna até tocar minha boceta. Daniel sorriu concordando, eu estremeci me contorcendo na cadeira.

– E unidos pela música! – respondeu Daniel enquanto Otto empurrava um dedo para dentro da minha calcinha sem que ele percebesse qualquer coisa. Eu não movia um músculo, tinha a taça de Cava grudada em minha boca e uma gota de suor na testa.

– Lia sempre teve um baita gosto musical.

Otto me enfiou dois dedos enquanto falava. Me contorci bruscamente, quase gozando com os movimentos que ele fazia, até que ele tirou sua mão de dentro de mim, levantou e disse que adorou a história, mas não queria mais atrapalhar nosso encontro, ele tinha que ir, tinha uma noite inteira em Barcelona para desbravar e, com sorte, uma moça tão bonita quanto eu para conhecer.

Apertou a mão de Daniel, ainda molhada da minha boceta, e saiu pelo bairro sem olhar para trás.

O Psycho é um bar no Poble Sec, sujo na medida certa. As paredes, cobertas de pôsteres, têm relíquias de bandas que eu amo, como MC5, The Sonics, Iggy and the Stooges e outras groselhas recentes que eu não considero, mas um dos pôsteres, de uma banda chamada Peeping Tom, foi o que mais me chamou a atenção. O desenho é um cartoon, e cada quadro emula o cômodo da casa de um homem, o que me lembrou a vista que eu tenho do apartamento de Daniel. Otto estava atrasado 15 minutos.

Numa espécie de déjà-vu, ele me encontrou sozinha bebendo no balcão e soprou no meu pescoço, me dando um susto.

— Tantos bares, em tantas cidades em todo o mundo, e ela tinha que entrar logo no meu.

— É uma imitação bem ruim de Humphrey Bogart, mas o bar é realmente ótimo.

— Não disse que ia ter que vir até Barcelona para te arrancar um drink?

— Que bom que era verdade.

— Nunca te falei nada que não fosse.

O garçom se aproximou, perguntando o que ele queria beber.

— O mesmo que ela. Non me importa lo que es, la chica siempre teve bom gosto com lo que poe em la boca.

E me olhou com aquela cara de líder de seita suicida.

— Eu tava com saudade, Otto.

— Eu sei. Não adianta fugir de mim, garota, a gente tem um ímã, um karma, uma conexão, pode chamar do que quiser, mas a gente sempre vai se achar. Embora eu preferisse que fosse de uma forma melhor do que a de ontem.

— Desculpa.

— É sério com o espanhol?

— Não, eu não ia me apaixonar de novo por alguém que mora longe, dói muito.

— Você não vale nada.

— Aprendi com o melhor.

— Para de graça, Lia, você me faz de gato e sapato, sempre fez.

— Se for pra falar dos velhos tempos, eu acho melhor relembrar as tardes no motel do que as noites que eu passei sozinha na minha cama.

— Até parece que foi só motel...

— Ah, verdade, tinha aquele restaurante secreto embaixo do Minhocão, restaurante de amante.

— Eu te levo pra comer o melhor croquete de São Paulo e é assim que você me trata?

— Tô brincando, era realmente incrível.

— Se eu soubesse que você queria restaurante chique, te levava também.

— Eu queria você, não importava onde, Otto.

— Não quer mais?

— Acho que vou querer pra sempre, afinal, karma, né?

— Você deve ter jogado pedra na cruz em outra vida, Lia.

— Só pode.

— Seus e-mails nos últimos meses foram lindos. Alguns eu até imprimi.

— Sem deboche, vai. É maldade.

— Eu tô falando sério. Não tem nada mais bonito e triste do que uma carta de amor, Lia.

– Pena que não dão prêmios para isso.

Ele levantou, beijou meu pescoço e cantou no meu ouvido um trecho da música que estava tocando.

– Depois de alguns e-mails bem escritos, eu caí no seu conto e vim para o outro lado do mundo só pra te ver, te encontrei com um europeu sem dendê no meio da rua e ainda pedi um encontro depois disso. Você tem razão, eu realmente não valho nada, mas tava morrendo de saudade, eu precisava te ver.

Depois perguntou se eu queria passar a noite com ele, no apartamento alugado não muito longe dali.

Eu e Otto numa noite inteira em um lugar de lençóis limpos, sem a luz fria dos motéis, nunca tinha acontecido.

Saímos do Psycho de mãos dadas pela rua, uma sensação estranha, quase proibida. Estávamos em outro país, bem longe de São Paulo, e eu não sabia se a apreensão em segurar a sua mão ainda refletia o medo que eu tinha de ser descoberta, ou se eu já tinha me acostumado e no fundo até gostava daquele frisson.

Chegamos ao apartamento, nos beijamos e ainda em pé ele tirou minha meia-calça, levantou minha saia e começou a me chupar segurando minha coxa.

Disse que sentia falta do meu gosto e, enquanto falava, esfregava ainda mais sua cara entre as minhas pernas.

Depois deitamos no sofá, eu por cima, enquanto ele segurava minhas mãos e repetia que eu era cruel, sádica, que eu não podia ter sumido da vida dele dessa forma, que ele não tinha ficado um dia sem pensar em mim.

Fingi que acreditei, mas gozei de verdade.

"Banho de mar cura tudo", dizia minha irmã durante a adolescência para me convencer a sair do subúrbio nos fins de semana, quando eu só queria ficar agarrada aos meus livros e aos discos de rock pirateados que eu ganhava de um vizinho que gostava de mim.

A verdade é que o sal da água do mar só faz doer mais a carne do dedo que tenho mordido incessantemente desde que cheguei. Tenho roído unha, fingindo que trabalho, fingindo que gosto de praia, fingindo que tenho um propósito, mas fingindo de forma tão boa que até me convenci, e acho que ele acreditou também.

Otto deitou ao meu lado molhado, e durante um tempo ficamos olhando para os turistas que lotavam Barceloneta na primavera.

Eu acho que quis poucas coisas na vida quanto quis a gente. Era estranho e bonito, como um objeto raro que eu podia tocar com parcimônia porque nunca seria meu.

Otto se virou, me deu um beijo longo na boca e ficou ligando os pontos das gotas de água do mar que caiam do cabelo dele no meu colo.

Éramos muitas coisas juntos, nunca calmo. Até hoje.

Interrompi o "jogo do sério" para agradecer a noite anterior.

– Fazia tempo que eu não me divertia tanto.

– Obrigada.

– Não é só você que é bom de piada, Otto.

– Mas ninguém te faz rir como eu, ninguém te come como eu também.

– Convencido.

(Era verdade.)

– Quais são seus planos?

– Para hoje ou para a vida?

– Hoje à noite.

– Tenho um jantar temático, não posso faltar de jeito nenhum. Eles abrem a casa para uns artistas de Barcelona irem conversar com a gente sobre diversos temas em catalão.

– Me soa prepotente e chato. Eu posso ir pra deixar mais divertido?

– Não pode, infelizmente, e, se você fosse, ia ter que falar em catalão também.

– Posso hablar. Conto que sou parente distante do Gaudí, que, por acaso do destino, foi nascer em Moema.

– Infelizmente não vai funcionar.

– E depois? Passo lá para te pegar e você vem dormir comigo.

– Hoje não dá, não faço ideia de que horas vai terminar e do quanto de sala eu tenho que fazer.

– Foge então.

– Te vejo amanhã cedo, prometo.

– Você só me faz promessas.

– Eu juro, pronto. Acho que é mais sério do que prometer.

– Ainda me engana com sinônimos...

– Levanta, vai, você me empresta uma camiseta na sua casa e eu pego o metrô de lá.

– E ainda vai dar tempo de foder mais duas vezes. (Deu.)

Daniel estava me esperando na porta da casa dos seus pais quando cheguei. O apartamento era amplo, com fotos dos filhos pequenos e dos netos espalhados em um aparador, e os quadros de Daniel ocupando a parede da porta quase toda.

Ele perguntou como tinha sido a praia aquela tarde com Joan, me mostrou os cômodos e me levou até a cozinha enquanto sua mãe cozinhava e seu pai terminava de assistir a um jogo do Barcelona. Era a casa de uma família.

Me contaram sobre a visita a Minas Gerais anos antes, falaram que adorariam voltar para conhecer o Rio e perguntaram o que eu achava de Barcelona.

Eu falava com charme e desenvoltura, era boa com pais, sempre fui, e na hora do jantar ri de todas as piadas sobre a infância de Daniel.

Otto mandou uma mensagem dizendo que ainda dava tempo de fugir para encontrá-lo. Eu deveria ter contado onde estava, eu sempre soube que era o terceiro elemento da relação, ele deveria saber que era o meu também.

A mãe de Daniel deixou escapar que a casa de Sevilha estaria livre para nós no fim de semana seguinte, era uma surpresa que ele estava preparando para mim.

— Na esperança de que ela se apaixone ainda mais pela Espanha e desista de ir embora já.

— Mas você também tem que ir para o Brasil um dia me visitar! Quero muito retribuir toda a gentileza que você tem comigo aqui.

Nos despedimos e eu voltei para Gràcia com um pedaço de bolo e dicas da Andaluzia. Quando chegamos em casa, Daniel disse que o que ele fazia comigo não era gentileza ou receptividade, era desejo, ele queria que eu ficasse. Prometi que ia pensar com carinho, mas disse que naquela noite queria dormir sozinha para trabalhar logo cedo. O prazo de entrega da tradução está chegando ao fim. Meu tempo nessa cidade também.

Acordei com cheiro de café. Otto estava lendo com uma xícara na mão, me esperando acordar. Estávamos há tanto tempo nessa história e, ainda assim, acordar junto era raro, um presente.

Ele deixou o café na mesinha e se embolou na cama comigo, beijando meu rosto, meus olhos, puxando meu corpo contra o dele para sentir o volume do seu pau contra as minhas coxas.

– Bom dia.

– Excelente.

– Até que a gente é bom nesse negócio de dormir junto, né?

– A gente é bom em muitas coisas. Vou ficar com saudade de você, Otto.

– Então eu fico, resolvido.

– Até parece. E seus amigos em Londres?

– Nenhum deles é tão bonito quanto você.

– E o festival de música?

– Não me importo, já vi tudo o que eu queria ver.

– E a sua mulher?

Eu nunca tinha perguntado dela. Quando Otto ficou em silêncio, achei que ia me repreender por ter cruzado essa linha pela primeira vez.

– Eu me separei.

– Separou? Quando?

– Saí de casa no final do ano passado.

– E por que você só está me contando isso agora?

– Não é um assunto que dê para contar por e-mail.

– A gente já se viu várias vezes, Otto, sozinhos. Por que você não contou?

– Porque eu tive medo, Lia. Achei que, se eu te contasse que me separei e logo depois avisasse que estava vindo te ver, você ia ficar um pouco panicada, e eu não queria te trazer esse peso.

– Mas você não veio só me ver, você veio me ver também.

– Eu vim só te ver.

– Como você está?

– Os primeiros meses foram horríveis, mas agora está tudo bem.

– Separar é morrer, né? Eu sei bem como é.

– Em mais níveis do que a gente imagina, garota.

– E como ela está?

– Não sei, a gente não se fala desde que eu saí.

– Você se arrependeu?

– Não, e a verdade é que essa separação tinha que ter acontecido anos antes, você sabe. Foi covarde da minha parte e da dela deixar o amor degringolar até o ponto que chegou.

– Mas você disse que foi horrível.

– Separar é isso, Lia. Não importa de quem foi a decisão, é sempre triste.

– E de quem foi a decisão?

– Importa? Mas foi minha.

– E o que você vai fazer agora?

– Voltar para São Paulo e abrir o outro bar, mas a verdade é que não aguento mais essa vida.

— Eu nunca imaginei que tivesse outra vida pra você.

— Até parece, quantas vezes eu te falei que queria largar tudo e ir pro mato?

— É que eu nunca acreditei que você fazia o tipo de quem vai para o interior plantar orgânicos, Otto.

— Quer ser minha sócia em uma fazenda com agrotóxicos?

— Talvez seja mais divertido do que trabalhar com tradução.

— Então deixa esse espanhol e volta para o Brasil comigo.

— Pior é que eu não faço ideia do que vou fazer da minha vida depois do curso.

— Tudo bem não saber.

— Pra você sim, mas gente como eu precisa de um mínimo de planejamento pra poder sobreviver.

— Gente como você não difere em nada de mim, Lia. Depois de uma idade eu entendi que não adianta muito fazer planos, ou guardar certezas, a vida muda tanto que o melhor que a gente faz às vezes é nada. Simplesmente deixar as coisas acontecerem.

— Eu não saberia nem por onde começar.

— Eu sei. Descobri uma praia perto de Barcelona, um amigo que me indicou, mentira, foi o cara de quem eu aluguei o apartamento, se chama Callela e eu vou reservar um quarto para gente ficar no fim de semana, antes de eu ir embora segunda.

— Seria ótimo, mas eu já vou viajar esse fim de semana.

— Comigo!

— Não, Otto.

– Mas eu quero ficar com você, Lia.

– Você está comigo.

– Eu quero ficar com você de verdade.

– Tá, o que você sabe dessa praia?

– Que é perto daqui e que a gente pode ficar na areia o dia inteiro enquanto toma drinks coloridos. Quando cansar, a gente volta para o hotel, come alguma coisa e só para de transar quando você pedir.

– Sem dormir?

– Eu não quero mais ficar nem um minuto sem você.

– Virou poeta agora?

– Você ainda não viu nada. Vem comigo?

– Vou pensar.

– Só diz sim, garota.

Eu vivia a vida barganhado comigo mesma, fazendo acordos mentais, todos com brechas para que eu fizesse o que queria causando o mínimo de impacto moral. Um deles era mentir. Escrevi para Daniel pedindo desculpas pelo imprevisto de última hora, pelo meu sumiço nos últimos dias, pelo cancelamento da minha viagem com ele para Sevilha no fim de semana, mas eu precisava me despedir das minhas amigas do curso em uma viagem que elas tinham programado para Calella. Mesmo que eu ficasse, elas iriam embora esse fim de semana e eu precisava vê-las antes.

Desci do trem e fui direto à praia encontrar Otto. Ninguém estava no mar ou de topless, como eu imaginava. A cidade era perdida no tempo e a arquitetura, algo entre o final dos anos 70 e o início dos anos 80, com placas escritas em inglês, catalão e grego.

Ele estava pegando sol ao lado de uma bandeja de cervejas. Tirei o vestido enquanto ele olhava para minha bunda e passamos a manhã inteira bebendo e mergulhando no mar de água gelada e areia de consistência esquisita.

Depois da praia, andamos pela cidade tentando decifrar as placas de sinalização em grego, era fim de tarde e era bom. Encontramos uma taberna típica, comemos tapas e bebemos baldes de sangria, rindo de tudo e de todos, cúmplices como se fôssemos alguma coisa um do outro.

Voltamos para o hotel, ele tirou meu maiô e lambeu meu corpo, uma penugem branca de sal marinho na minha coxa, esfregando sua cara nas minhas pernas, na minha bunda, nos meus peitos, e trepamos com a voracidade que só os amantes têm.

– Eu sinto falta do golfinho em neon iluminando o banheiro daquele motel.

– Era uma luz tão fria que parecia cena de crime.

– Crime passional.

– Ela sabe de mim?

– Não, nunca soube. Ele sabe?

– Não.

– E onde ele acha que você está agora?

– Aqui, mas com minhas amigas do curso.

– Esse cara não te conhece nada mesmo.

– E você conhece?

– Do avesso.

– Não era você que dizia que a gente só conhece alguém de verdade na madrugada de um domingo?

– Ou num passeio pela farmácia.

– Mas a gente nunca teve isso, Otto.

– Sabe o que eu acho engraçado, Lia? Você nunca me pediu pra ficar. Nunca nesses anos todos você disse "fica".

Você me ama, eu sei, e sabe que eu te amo também, e vira e mexe eu me pego pensando se você nunca me pediu para ficar porque tinha medo de eu dizer não, ou se no fundo não queria. Mas aí o tempo passou, eu me separei porque vi que estava sendo covarde com você, com ela, comigo, você desapareceu do Brasil, eu pensava em você o tempo todo, até que de repente começou a me escrever me chamando feito uma sereia. E agora eu estou aqui, disponível, e você ainda não disse "fica", e de novo não me sai da cabeça se é por medo de eu ir embora ou se você não quer.

Mas eu queria que soubesse, que tivesse certeza de que eu estou com os dois pés fincados aqui, que eu vim sim por sua causa. Que se você quiser a gente fica mais uns dias nessa praia fora do tempo, eu adio a minha passagem de volta, e a gente casa, faz logo umas crianças problemáticas, ou larga tudo e viaja pelo mundo vendendo poesia e caipirinha. Mas eu quero, Lia, chega de platonismo, chega de desencontro. É só você dizer "fica" e eu faço o que você quiser.

Uma palavra, Lia.

Otto me deixou na casa e voltou para o apartamento. Daniel, que tinha decidido fazer a viagem para Sevilha enquanto eu estivesse em Calella com minhas amigas de curso, programou a volta para hoje para que ficássemos juntos.

Deixei minha mochila no quarto, e na cama Joan tinha deixado um quadro de despedida. Foi embora no dia anterior.

"Não faço ideia de como você vai levar isso para o Brasil, mas dei meu jeito de ficar perto, mesmo longe. Foi bom te conhecer, Lia. Não seja millennial, mantenha contato. Te desejo juízo e certeza, além de todo o meu carinho.

Beijos,
Joan"

Tomei um banho para tirar o sal e o cheiro de Otto e, quando voltei para o quarto, as janelas do balcão de Daniel já estavam abertas.

Não fizemos sexo, fodemos. Com pressa, com calma, com amor, com tesão, com apertos, socos, abraços, putaria e delicadeza.

Apaguei em seu peito e, quando abri os olhos, ele me coçava a cabeça sorrindo.

Não aceitei seu convite para ficar em Barcelona.

Eu nunca imaginei que Otto fosse deixar a mulher. Sabia que ele me amava, mas achava que ele compartimentava esse amor entre eu e ela, e que estava feliz em viver assim. Nunca demonstrou medo se por acaso eu me apaixonasse por outra pessoa e, ao longo dos anos que passamos juntos, eu realmente não me apaixonei, até vir para cá.

Esta cidade representa tudo o que eu posso ter além dos limites da minha. A distância de casa me fez perceber que posso ser amada de forma doce, que me tornei quem eu queria, que tenho coragem para mudar o rumo e que não preciso sentir culpa por não ter seguido os sonhos dos meus pais. Percebi que gosto do que faço e que minha vida, por mais ordinária que seja, é realmente boa.

Otto, depois de tanto tempo vivendo em suspensão, chegou na minha vida nova me pedindo o amor que eu sempre prometi que estava guardado apenas para ele, me cobrando uma resposta.

Meu corpo inteiro reage ao seu nome, eu só não sei se isso basta.

NOTAS SOBRE A IMPERMANÊNCIA

"**Impermanente**: adj. Que não se mantém de maneira permanente; que não dura ou muda com facilidade; efêmero ou inconstante. (Etm. im + permanente)"

Não conseguir estar em nenhum lugar específico ou em alguém.

Eu lembro que ia aonde você fosse, rodava São Paulo inteira até te encontrar e, chegando lá, dançava com um drink na mão, aumentando seu incômodo por ter eu e ela ocupando o mesmo espaço. Eu fingia que não ligava, você fingia que acreditava? Mas na verdade eu ficava desejando os momentos em que a gente se esbarraria na pista e você diria que eu era maluca de aparecer na cidade sem avisar, que eu não podia fazer isso com o seu coração. Você queria saber antes para ter tempo de me ver, porque tinha saudade. "Logística", eu brincava, e você ria de mim, dizendo que na verdade eu nem me importava.

Eu me importava, Otto, e te queria muito, e chegar perto de você arrepiava meu corpo todo, me deixava sem ar, mas eu não fazia ideia de como seríamos nós dois em uma relação monogâmica, ou em uma relação com qualquer arranjo – pagando contas, sentindo tédio, fazendo compras no supermercado. Eu nunca teria como saber, aquela vida não estava designada para nós.

Hoje em dia, com distância e clareza, eu vejo que queria muito querer isso, mas eu não quero. Queria a paz de espírito dos que se contentam, queria que o que eu tenho me bastasse, queria não sentir dez coisas diferentes pela mesma pessoa durante o dia, mas eu quero. Na minha idade, o que se espera é que a gente já tenha encontrado um amor para descansar a cabeça e ter filhos, e deve ser de um alívio profundo amar alguém todos os dias, ter uma família para cuidar com amor genuíno, desses que calam a própria angústia pelo bem do outro, por alguém que precisa que você esteja vivo, funcionando e cheio de afeto.

Eu queria a exaustão das mães, queria ter outros problemas, eu queria tanto querer isso com você que chega a doer, mas não consigo.

Eu passei tanto tempo te culpando pelas coisas que eu mesma desejava, que cheguei a acreditar que o problema não morava em mim. Era mais fácil colocar a culpa da minha fome nesse seu par de olhos amarelados a perceber que talvez o amor não seja para agora. E é por isso que você se encaixava tanto.

Você que não podia habitar minha cidade ou a minha cama por já morar em outra pessoa, você que não podia me dar as mãos na rua com medo de alguém ver, você que me fazia sentir vontade, que ia durar na minha vida justamente por não deixar nosso amor morrer de tédio.

As coisas nunca são da mesma maneira que a gente imagina, você sabe. Se eu for embora agora, nós sempre viveremos em suspensão nesse lugar sagrado das coisas platônicas, onde nada se degrada porque não acontece.

Otto, me perdoa por não deixar a gente acabar?

AGRADECIMENTOS

Para Miguel, que permanece. Permaneceremos.

Para minha mãe, que sempre me lembra com generosidade e amor que escrever é mais que ofício, é destino. Este livro é para você.

Para Leticia e Catarina, minhas maiores companheiras de vida.

Para Eugênia Vieira e Lucia Riff, por terem visto algo que pulsava nessas linhas e terem dado uma casa para minhas palavras.

Para meu editor, Rodrigo, por ter entendido a Lia exatamente como eu.

Para Mateus, leitor oficial desde quando essa ideia era uma página.

E também para Grazi, Vera, Marccela, Filipe, Manu, Celso, Carlos, Marcelo e Luiza, pelas conversas preciosas sobre este livro.

Aos corações inquietos por aí: eu entendo.

CONHEÇA OUTROS LIVROS

LIVRO DE ESTREIA DA CINEASTA PATRICIA PEDROSA

Primeiro Campo de Guerra apresenta uma poesia provocativa por sua coloquialidade, disruptiva por trazer ao cotidiano da vida a sublimidade nada glorificada do poético.

AUTOR VENCEDOR DO PRÊMIO SÃO PAULO DE LITERATURA

Enquanto não se domina o objeto do desejo, se deseja; quando se vence, não se quer mais. Os amantes esgrimam sem descanso: o homem e a mulher, a gata e o rato. Em seu banquete platônico, talvez aristotélico, debatem Arte e as categorias da mimesis.

Todas as imagens são meramente ilustrativas.